聖ペテロの雪

レオ・ペルッツ

垂野創一郎❖訳

ST. PETRI-SCHNEE

LEO PERUTZ

国書刊行会

若くして完成し、若くして世を去ったひとの思い出に捧げる

聖ペテロの雪

第一章

夜がわたしを解放してくれたとき、わたしは名前のない何か、個性のない生きもの、〈過去〉や〈未来〉がどんなものかも知らない存在だった。そのまま何時間も、あるいは何分の一秒かのあいだ、硬直したように横たわっていた。そのあと訪れた状態は、今ではとても形容できない。あらゆるものが決定不能になった感じと表裏一体の朧ろな自意識といえば、その独特で風変わりな感じを及ばずながらも表したことになろうか。ごく簡単に、無のなかを漂っていたと言ってしまえば話は早いが、それでは何も言ってないに等しい。わかっていたのは、何かが存在していることだけだった。だがその〈何か〉が自分そのものであるとは気づかなかった。

その状態はどれくらい続き、記憶が訪れだしたのはいつだったのだろう。記憶は浮かんだ端から崩れて流れ、滞めようもなかった。そのひとつは、まともな形もなしてないのに、わたしを苦しめ不安にさせ——わたしは、夢にうなされたときのような深い息を、自分が吸うのを聞いた。

滞(とど)まった最初の記憶は、まったくどうでもいいものだった。まず、むかし短いあいだだけ飼っていた犬の名。それから、人に貸したシェークスピア全集の一巻がとうとう返ってこなかったことを思い出した。ある通りの名と番地が頭をかすめた。だが、いまだにそれがわたしの人生とどう関わるのかつきとめられない。それからオートバイに乗って人気(ひとけ)のない村道を走る男の姿が浮かんだ。しとめた兎(うさぎ)を二匹、背中にぶらさげている——あれはいつのことだったろう。いま思い出したが、野兎をさげた男を避(よ)けようとして、わたしはつまづいた。立ち上がったとき、手に懐中時計があった。針は八時を指し、ガラスは落としたとき割れてしまった。時計を手に、帽子もマントもなしに家を出て——

そこまで思い出したとき、いきなり過去の数週間のできごとが、なんともいえない力で襲いかかってきた。発端と推移と結末がいちどきに、轟き崩れる建物の梁(はり)や石材みたいに頭に降り注いだ。ともに暮らしていた人たちや物の姿が見えた。何もかも度外れに大きくて幽鬼のようで、別の世から来た人や物のように怖気(おぞけ)をふるわせた。それから胸のなかで何か、はちきれそうになるものがあった。幸福への思い、あるいはその幸福にまつわる不安、あるいは絶望に蝕(むしば)まれる欲求——どれも言葉として弱すぎる。それは一秒たりとも持ちこたえられない何かへの思いだ。
これが目覚めたわたしの意識と、わたしが体験した途方もない事件との初の出会いだった。だがそれは強烈すぎた。わたしは自分の叫ぶ声を聞いた。そしてきっと毛布を引き剝ごうとしたのだろう。ちくりとした痛みを二の腕に感じたから。わたしは失神に陥った——というより逃避した。わたしにとっては救いである失神へ。

二度目に目が覚めたとき、日は高く昇っていた。今度はすぐさま、途中の筋道なしに、くまなく意識を取りもどせた。今いるのは病院の一室だ。居心地のいい調度の整った部屋で、特別料金を払っているか、あるいは他の理由で優遇された患者用のものらしい。年かさの看護婦が窓辺に座って編み棒を動かし、合間にコーヒーをすすっている。向かい側の壁際の寝台には、無精髭を生やし頰のこけた男が、頭に白い包帯を巻いて寝ていた。男は大きな悲しげな目で、わたしをじっと見ていた。なんだか気遣うような表情をしていた。何らかの不思議な理由で光が反射して、一時（いっとき）自分自身の姿が見えたのかとも思った。わたしも同じように生気がなく、痩せこけて、髭を剃らず、包帯を頭に巻いて寝ていたからだ。それとも赤の他人を見たのだろうか。わたしが意識を失っていたあいだに、同室となった患者かもしれない。

だがもしそうなら、その男は何分もたたないうちに、わたしに気づかれずに部屋を出たはずだ。というのも、もういちど目を開けたとき、男は寝台もろとも消え失せていたから。

いまでは何もかも思い出せる。ここに来るきっかけとなった事件も、くっきりした輪郭を持って浮かび上がってきた。しかしもう、その相貌は前と同じではない。心をおびやかす、胸を締めつけるものではもはやなかった。わたしが体験したいくつかのことは、今なお不気味で、謎めいたところがあって、説明のつけようがない。だがそれらすべてのできごとは、怖いものではなくなった。人々にしても、もはや巨大に漂う、恐れを起こさせる幻ではない。陽の光のなかで立つ、普通の大きさを持った、わたしとも他の誰とも変わらない、この世の生き物だ。それと気づかぬうちに、そして当たり前のように、彼らは以前のわたしの存在に繋（つな）がった。日も、人も、物も、わたしという存在と融合し、わたしの人生の一部となり、それと分かちがたいものになった。

看護婦がわたしの目覚めに気づいて立ちあがった。単純そうな自己満足が顔に表れていた。そしていま、彼女を見つめていると、ふとあの老女に似ているのに気づいた。復讐の女神（メガイラ）のように、荒れ狂う農夫たちの群れから飛び出し、白髪の司祭をパン切り包丁で威（おど）したあの女だ。「坊主をぶち殺すのよ！」と叫んでいた。不思議なことに、その女が、今は病室にじっと静かに無邪気に座り、わたしの世話をしている。しかし看護婦が近づくにつれ、類似は薄れていった。勘違いだった。寝台の前に立ったときには、まったく違う顔だった。この女性に前に会ったことはない。

わたしが喋ろうとしているのに気づくと、彼女は妨げるように両手を挙げた――体をいたわりなさい、話すのは体によくないわという合図のようだ。この瞬間、〈既視感（デジャヴュ）〉の感じが――寝台も病室も看護婦も、なにもかも体験済みのような感じがした。もちろん錯覚だろうが、この感じの後ろに横たわる現実は、錯覚におとらず奇妙なものだった。いま思いだしたが、わたしがヴェストファーレンの村にいて、医者をしていたとき、何度も、いわば第三の目でものが見えた。わたしのいまの状態を、千里眼（クレヴワヤンス）のように先取りして予感した瞬間がたびたびあった。本当だ。誓ってもいい――ヴェストファーレンの地ではそうした現象は以前から見られた。

わたしは聞いてみた。「なぜわたしはここにいるんだ」

看護婦は肩をすくめただけだった。もしかしたらそのことについて、わたしと話すのを禁じられているのかもしれない。

そこでさらに聞いてみた。「どのくらいここにいるんだい」

彼女は考えているようだった。

「五週目になるわね」すこししてそう答えが返ってきた。

それはありえない。外で雪が降っている、ということはまだ冬だ。ここに入れられてから数日しかたっていないはずだ。あの日曜日、モルヴェーデにいた最後の日も雪が降っていた。そしてまだ降っているのだから、四日かせいぜい五日だ。なぜ嘘をつくのだろう。

わたしは看護婦の顔をじっと見た。

「それじゃ計算が合わない。そんなはずはない」

彼女はうろたえた。

「六週目かもしれないわ」そしておずおずと言った。「正確には知らないの。わたしはここに来て五週目だけれど、その前に別の看護婦がいたわ。わたしが来たとき、あなたはもういたのよ」

「いまはいつなんだ」わたしは聞いた。

彼女はこの質問がわからないふりをした。

「暦(こよみ)の日だよ」わたしは繰り返した。「何日なんだ」

「一九三二年三月二日」ようやく彼女は言った。

「三月二日」今度は嘘じゃない。わたしの計算と合っている。一月二十五日にモルヴェーデに村医として赴任した。そして一か月のあいだ、あの運命の日曜日まで、ヴェストファーレンの小さな村で勤務していた。ここにいるのは五日前からに違いない。なぜ看護婦は嘘を言うのだろう。誰の指示なのだろう。わたしが五週間も意識不明のままでここにいたと信じさせたがっているのは誰なのか。これ以上問い詰めても無駄だろう。看護婦はわたしが質問を続ける気がないのを知ると、自分のほうから、わたしがすでに何度か意識を取り戻していたと教えてくれた。いちど、包帯を取り替えようとして皿を落としたとき、わたしは目を閉じたまま、そこにいるのは誰だとたずねたそうだ。そしてその後痛みを訴えたこともたびたびあって、水を要求したこともあったが、またすぐに寝入ってしまった――そう言われてもなにも思い出せなかった。

「たいていの人は思い出せないのよ」そう言うと看護婦はまた窓辺に戻って編み物をはじめた。

わたしは横たわって目を閉じて、終わったもののこと――永遠に終わったもののことを考えた。あの人は死ななかった。それは間違いない。あの恐ろしい最後の瞬間から、そして報復から、あの人は逃れた――その確信は揺るぎはしない。あの人は破滅するほど柔(やわ)な女じゃない。あの人を狙った銃弾はわたしに当たった。あんな人が破滅するものか。どんなことが起きようと、どれほどの大罪を負おうと――復讐の女神と自分とのあいだに身を投げ出してくれる男を必ず見つけるだろう。

だがすべて終わったことだ。彼女は二度と現れない。彼女の歩む道がわたしに行き当たることは二度とない。それがどうしたというのだ。一夜彼女はわたしのものだった。あの夜はわたしに滞まり、誰にも奪えやしない。彼女はわたしの生のなかに封じ込められている。花崗岩のなかの深紅の柘榴石のように。あの夜を通して、わたしは永遠に彼女と結びついた。わたしの腕は彼女を抱きしめ、わたしは彼女の息を、心臓の鼓動と手足を走る震えを感じた。あどけない目覚めの微笑みを見た。過ぎてしまっただと？　そんなことあるものか。あのような限りのない夜にひとりの女が恵んでくれたもの、その恵みは永遠のものだ。もしかすると彼女はいま、他の男のものかもしれない――そう考えると悲しくならざるをえない。さようなら、ビビッシェ！

「ビビッシェ」――自分自身と話すときに、彼女は自分をそう呼んでいた。――「かわいそうなビビッシェ」――なんとしばしば、この優しい嘆きの口調を彼女の口から聞いたことだろう。「あなたはわたしに腹をたてているけど、どうしてだかわからない。かわいそうなビビッシェより」――ある少年が持ってきた紙切れには、そう書いてあった。――あれはいつのことだっただろう。そして以前、まだ互いをよく知らなかったころ、彼女がわたしに無関心なようにふるまったときに、何かの酸の滴が彼女の手を焦がした。「痛い！　あなたはビビッシェに意地悪したわね」――彼女はそう嘆き、驚き、悲しげに自分の小さな指をながめた。わたしがその言葉に笑うと、冷たい、拒否するような視線を投げてよこした。それは終わったことだ。あの目つきを二度と見ることはない。あの夜以来、永遠に消えてしまった——

足音が聞こえたので目を開けた。医長と二人の助手が寝台の傍らに立っていて、その後ろからヘラクレスじみた体格の男が、青と白の縞模様の綾織りの上衣を着て、包帯を載せたワゴンを押して部屋に入ってきた。

その男を見てすぐ気づいた。変装をしても欺かれはしない。この隆々とした体つき、陥没した柔らかな顎、窪んだ水色の目——綾織りの仕事着を着たこいつは、プラクサティン侯爵、リューリク家の末裔だ。上唇の傷跡は見あたらなかった、いまは髭をたくわえ、淡いブロンドの髪も後ろに撫でつけていなかった。髪は額にかかり、両手は褐色で、手入れをしていない——こいつはあの男か、そうではないのか。あの男だ、間違いない。わたしの視線を避けようとする身振りそのものがすべてを語っている。自らを安全に匿える避難場をここに見出し、名前を隠して雑役夫の役を演じている、正体が知れるのを望んでいない。わかった、わたしを恐れずともいい、もしお前の良心が許すなら、その哀れな存在を生き永らえさせるがいい——わたしに暴露する気はない。

「おはよう。目が覚めたかい」医長の声が聞こえた。「具合はどうだ。気分はいいかい。痛むところはないかい」

わたしは答えなかった。目はなおプラクサティン侯爵からそらさなかった。すると奴は顔をそむけた。わたしの視線に落ち着かなくなったのだ。ほら今、事件の名残が見えた。奴の右耳から顎あたりまで走る赤く焦げた傷痕——奴が恩人の友を裏切ったあの夜の記念だ。

「自分がどこにいるかわかるかね」医長がたずねた。

わたしは彼を正面から見た。白髪まじりの尖った顎鬚と、生き生きとした目を持つ五十くらいの男。どうやらわたしの意識がまだ混濁しているか確かめたいらしい。

「病院にいます」わたしはそう答えた。

「そのとおり、オスナブリュックの国立病院だ」

二人いる助手の一方がわたしのほうに身をかがめて聞いた。

「僕がわかるかい、アムベルク?」

「いや。あなたは誰です?　君は誰なんだ?」

「知っているはずだよ。よく考えてくれないか。ベルリンで一学期のあいだ、いっしょにバクテリア研究所で仕事をしていたじゃないか。僕はそんなに変わったかい」

「フリーベ医師ですか?」わたしは確信を持てずに聞いた。

「そうだとも。やっとわかってくれたか」彼は満足そうに言った。そしてわたしの上腕と肩から包帯を取りはじめた。

このフリーベ医師はバクテリア研究所でのわたしの同僚で、彼女とも知り合いだった。彼の口から彼女の名を聞きたくてたまらなかったが、本能のような何かがわたしを押しとどめ、彼女の名を口にしたり、彼女のことを聞いたりさせなかった。

わたしは肩の銃創を指して聞いた。

「これは盲管銃創なのかい」

「何だって」彼は上の空で返事をした。

「弾丸を摘出しなければならなかったのかい」

彼は目を見開いてわたしを見た。

「どの弾丸のことを言っているんだ。裂挫創が腕と肩にあるきりだ」

わたしはむっとして叫んだ。

「裂挫創だと、馬鹿言うな。腕のはリボルバーで撃たれた痕、肩のはナイフの傷じゃないか。そのくらいは素人だってわかる。それに——」

ここで医長が割って入った。

「何てことを言うんだ。ここの交通巡査は、通行人が言うことを聞かないからといって、ナイフやリボルバーにものを言わせたりはしないよ」

「何のことを言ってるんです」わたしは話をさえぎった。

「すると覚えてないんだね」医長は説明を続けた。「君はちょうど五週間前、午後二時ころ、ここオスナブリュックの駅前広場で、車が激しく行き来するなか、催眠術にかかったみたいに目をぼんやり見開いてた。交通巡査が君に叫び、運転手が罵ったのに、耳を貸さずに、そのまま突っ立って――」

「ええそうです」わたしは言った。「緑色のキャデラックを見ましたから」

「なんだって」医長が言った。「むろんオスナブリュックでキャデラックはあの一台きりだ。だがベルリンから来た君には、キャデラックは珍しいものじゃないだろう。ああいった車だっていやというほど見ているはずだ」

「ええ、でもあのキャデラックは――」

「で、それから君はどうしたんだね」医長がわたしをさえぎって言った。

「広場を横切って駅に行き、切符を買って、列車に乗りました」

「違う」医長が言った。「君は駅まで行かなかった。車めがけて走っていって、はね飛ばされた。頭蓋底骨折、脳出血――だからここに運ばれたのだよ。打ちどころが悪かったから、大変なことにもなりかねなかった。でももう心配ない」

わたしは医長の顔色をうかがった。本気で言っているはずはない。今の話はおかしすぎる。わたしは列車に乗り、新聞を二紙と雑誌一冊を読んでうとうとした。汽車がミュンスターで停まったときに目がさめて、プラットホームで煙草を買った。日が暮れかけた五時ころにレーダに着き、そこから橇に乗ったはずだ。

「お言葉ですが」わたしはできるだけ下手に出て言った。「頭蓋の傷は、鈍器での打撲によるものなんです。殻竿で殴られたのです」

「なんだって。いまどき殻竿なんかあるものか。国中どこでも脱穀機を使っている」

どう答えればいいのだろう。この男には知りようもないだろうが、フォン・マルヒン男爵の領地に機械は一台もない。種蒔きも刈入れも脱穀も、百年前と同じやりかたでやっている。

「わたしが五日前までいたところでは、まだ殻竿を使っていたのです」仕方なくわたしはそう言った。

　医長はフリーベと目を見交わした。

「五日前までいたところだって」そして声を引き伸ばしてそう言った。「本当かい。まあ君がそう言うならそうなんだろう。では殻竿による打撲ということにしておこう。何も問題はない。もうそのことを考えるのはよしたまえ。殻竿で殴られたなんて嫌なことは忘れるにかぎる。なるべく何も考えないように。今必要なのは安静だ。あとで何もかも話してくれたまえ」

　そう言うと看護婦のほうを向いて、「ビスケットとミルク入り紅茶、薄切りの野菜」と指示し、出口に向かった。二人の助手がそれに続き、おしまいにプラクサティン侯爵が、包帯を載せたワゴンを押して、おずおずとわたしを横目で見ながら部屋を出て行った。

いったい何だったのだ。どういう意味があるのだろう。医長はわたしに狂言を演じてみせたかったのか。それとも交通事故とやらを本気で信じているのだろうか。まったく違うことが起きたというのに。医長だって知らないはずはない、まったく違うことが起きたのを。

第二章

わたしは名をゲオルク・フリードリヒ・アムベルクといい、医学博士である——モルヴェーデで起きた事件の報告は、こんなふうな書き出しにして、体力が戻りしだい書いてやろうと思っている。だがしばらくはおあずけだ。紙もペンも手に入らないし——安静にして、何も考えるなと言われている。腕だって負傷して使いものにならない。今できることといえば、起きたことを細かなところまで記憶に刻むこと、一見意味のなさそうなことでも、すべて忘れないようにすること——さしあたってはそれしかない。

わたしの話は遠い過去まで遡らねばならない。母はわたしを産んでから何か月か後に世を去った。父は高名な歴史家で、専門は大空位時代までのドイツ史だった。晩年には中部ドイツの大学で、叙任権闘争や十三世紀末ドイツの軍隊法規集成（ヴェールフェアファスンク）、封土保有権（ゾンネンレーエン）の意味と意義、フリードリヒ二世の行政改革について講義をしていた。父が亡くなったときわたしは十四歳だった。遺されたのは膨大ではあるがいくぶん偏った――古典の他は歴史文献ばかりの――蔵書だけだった。その一部はいまだに手元にある。

わたしは母の妹にひきとられた。細かなことにも厳格な、寡黙で生真面目な性格の、めったに己の殻から出ない女性で――わたしと言葉を交わすことはほとんどなかった。だがこの人への感謝の念は生涯失せることはなかろう。叔母の口から親身な言葉を聞くことはまれだったが、乏しい収入を割いてわたしが学業を続けられるようにしてくれた。わたしは幼いころから父の専攻した分野に燃えるような興味を持っていて、父の蔵書のなかで幾度となく読み返さぬものはほとんどなかった。だが、大学入学資格試験の直前になってようやく、歴史の研究に身を捧げて学問の道を歩みたいと意向を漏らすと、叔母は断固として反対した。歴史研究は、叔母の生真面目な理性には、役立たずでとらえどころがなく、世間にも人生にも関わりないものとしか映らなかったようだ。それより堅い職業に就いて、足が地に着いた暮らしをなさいと、叔母は熱心に諭(さと)した。医者か法律家におなりなさいと。

わたしは反論し、激しい応酬が起こった。ある日叔母は紙と鉛筆を出してきて、持ちまえの几帳面(きちょうめん)さで、わたしに学業を続けさせるため犠牲となった金額を計算して見せた。わたしは折れた――他にどうしようもなかった。叔母は事実わたしのために生活を切り詰めたのだし、心からわたしのことを思ってくれてもいたから。そんな叔母を失望させることはできなかった。わたしは医学部に入学手続きをとった。

六年後、わたしはありきたりの知識と技術を持つ、どこにでもいる医者のひとりになった。一年間の実習はしたものの、患者もなく、貯え（たくわ）もなく、伝手（つて）もなく、そして何よりまずいことに、自分の職が内心好きではなかった。

修業期間の最後の年、後で述べるある体験のおかげで、ひとつの習慣を身につけたが、それは本来は分不相応なものだった。わたしは上流の人々が集うところに頻繁（ひんぱん）に顔を見せるようになった。なるたけ控えめにしていたのだが——生活習慣が変わると支出も増えざるをえず、ときおり入る家庭教師の口も、それを賄（まかな）うには十分でなかった。しばしば父の書庫から貴重な書物を売らざるをえなくなった。そして今年の正月にもやはり困ったことが起きた。以前借りたわずかな金を返すよう催促されたのだ。父の蔵書にシェークスピアとモリエールの全集があり、それは残っていた最後の古典の揃いだった。わたしはそれらを懇意の古本屋に持ちこんだ。

店主が本を受けとって告げた値は、わたしにも適切と思われた。店を出かかったとき、店主がわたしを呼び戻し、シェークスピア全集が不揃いなのに注意をうながした。ソネットと「冬の夜ばなし」を収めた巻が欠けているという。わたしは一時（いっとき）不思議に思った。家に残してきた本はなかったから。だが何か月か前に、同僚にその巻を貸したことにすぐ思い当たった。そこで店主に午後まで待ってくれるように頼み、本を取り戻しに行った。

　同僚は家にいなかったので、帰ってくるまで待つことにした。退屈まぎれに卓上にあった朝刊をとりあげて読みはじめた。

　自分の運命を左右するできごとに不意に出くわした人は、それに先立つ何分間かをあとから回想することに、ある種の魅力を味わわないでもない。お前はそのとき何をしていた。人生の曲がり角を前にして、お前は何を考えていた――お答えしよう。わたしは暖房のない部屋に座って、冬のマントは持っていなかったから、薄い上着姿で震えていた。気もそぞろに、ただ時間をつぶすために新聞を読んでいた。列車内で暗殺を図った男の逮捕に関する報道、〈食品としてのコーヒー〉というコラム、それから器械体操に関する論文。わたしは同僚に腹をたてていた。ちゃんと本を返さないなんて無責任にすぎる。新聞の真ん中にある大きな油の染みも気にさわるし――おおかた新聞を読みながら朝食をとり、パンにつけたバターが付いたのだろう。

　そのあと起きたのは、一見ごくありふれた、特に印象を残すはずもないできごとだった。ある広告が目にとまった、ただそれだけのことだ。

　ヴェストファーレン、レーダ郡モルヴェーデ在住のフォン・マルヒン男爵の資産管理人が村医の志願者を募集。最低年収を保証。家賃と暖房費は無料。高い一般教養の持ち主を優遇。

この職が一考に値するとは、はじめはすこしも思わなかった。ただひっかかったのは地主の名だ。「フォン・マルヒンならびにフォン・デア・ボルク男爵」と無意識のうちに口に出してはじめて、〈マルヒン〉という単語が、一連の姓と称号を記憶から解いたのに気づいた。なじみのある名だ。だがどこでそれを見たか聞いたかしたのだろう。

　頭を絞って考えてみた。ときおりわたしの想起は変な道をたどる。ひとつのメロディーがまず脳中を流れた。何年も忘れていた何かの古い歌だ。意味もなくそれを口ずさみ、それからもう一度口ずさんだ、今度は樫の羽目板をもつ部屋と、本を積んだ机が浮かんできた。わたしはピアノの前に座り、その歌を弾いている。歌詞も思い出した。「君が愛してくれさえすれば」ではじまる、まったく陳腐なものだ。父がいつものように背で両手を組み、部屋をぶらついている。外の庭から花鶏の囀りが聞こえる。「まことの情はいらないよ」とわたしは弾いた――歌詞はそう続くのだ。「フォン・マルヒンならびにフォン・デア・ボルク男爵がいらっしゃいました」という声が聞こえると父は立ちどまり、「お通ししろ」と答えた。わたしは立ちあがり、父が客を迎えたときはいつもするように部屋を出た。

　あの来客がモルヴェーデの地主と同一人物とは限らないし、同じ名を持つものは他に何人もいるだろうとまでは、そのときには思いいたらなかった。わたしは広告をもう一度読んだ。それから机に向かい、志願書をしたためた。簡単に父のことを記し、他人が興味をもつ程度に自分の経歴を説明し、学歴を申告した。

もはや同僚の帰宅は待っていられなかった。本をすぐ返してくれるよう走り書きを残すと、最寄りの郵便局に行って志願書を投函した。

返事は十日後にようやく来て、わたしの希望は叶えられた。フォン・マルヒン男爵は、父とは光栄にも知遇を忝なくしていたと書いてきた。惜しくもあまりに若くして逝去した高名な学者のご子息に仕事を世話できて嬉しい、今月からでも仕事をはじめられるか教えてほしい、オスナブリュックとミュンスター経由でレーダ駅まで行ってくれれば、そこに車を待たせておくという。形式上必要なので、学位免状と実習修了証明書を村役場に宛てて送れともあった。

今月にもベルリンを引き払い、田舎で開業すると叔母に知らせると、彼女はそれをごく当然のこと、しかも長く待ち望んだことのように受け取った。その晩わたしと叔母は費用のことだけを話しあった。服装一式が要るし、手術と分娩用の器具や医薬品の備蓄も誂えねばならない。母の装身具がまだ残っていた。エメラルドの指輪、二本の腕輪、古風な真珠の耳飾り。これらはすべて金に換えた。だが代金はわれわれの思惑を下回り、泣く泣くわたしは父の蔵書をほとんど処分した。

一月二十五日、叔母は駅まで見送りに来てくれた。そしてわたしの駅弁代を持つといってきかなかった。プラットホームで別れを告げ、これまでのすべてを感謝したとき、叔母の表情にはじめて感動らしきものが現れた。目には涙を浮かべていたように思う。わたしが列車に乗ると、決然とした動作で回れ右をして、振り返りもせずに駅を出て行った。これが叔母の流儀なのだった。

昼ごろわたしはオスナブリュックに着いた。

第三章

乗り継ぎの列車が出るまでに一時間半ほど間があったので、その暇を利用して町を散歩することにした。オスナブリュックには〈司教座教会大自治区域（グローセ・ドームフライハイト）〉と呼ばれる古い広場と、〈市民監獄（ビュルガーゲホールザーム）〉という名の十六世紀につくられた堅固な塔がある。〈自由（フライハイト）〉と〈服従（ゲホールザーム）〉、矛盾して響きつつも互いの一部をなすようなこの両者の名に心をひかれ、わたしは旧市街へと足を向けた。だが偶然はわたしが広場や塔に見（まみ）えることを許さなかった。

それにしても本当に偶然だったのか。聞いた話では、電波を使えば、何キロメートルもの遠方から船を始動させ操縦できるという。わたしを操り、当初の意図を忘れさせ、旧市街の錯綜した小路を何か定まった目的でもあるかのように歩ませたのは、いかなる未知の力だったのか。ある建物の門をくぐると、中庭は通り抜けができて、わたしは小さな広場に出た。中央に石造りの聖者像があり、周りで腸詰売りと野菜売りが店をひろげていた。そのまま広場を横切り、階段を昇り、横丁に入って、ある骨董品店で足をとめた。そこでは飾り窓を覗(のぞ)いたつもりだった。未来を覗いたとは知るよしもなかった。それにしても得体の知れぬ意志は、なぜそのときのわたしに、未来への一瞥を許したのか。それはいまだに説明がつかない。

　きっと偶然だ。偶然に違いない。なんでもないことに超自然現象を持ち出して意味をつけたりはしたくはない。ものごとにそうした不相応な重みをつけることは、わたしのものの考え方に反する。事実だけをよりどころにしよう。この古い町に骨董品店はきっと何軒もあろうから、そのうちの一軒、歩いているうち最初に目に入った店で足がとまったにすぎない。陳列された古ぼけた品々——盃やローマの銅貨や木の彫刻や陶器人形——のなかから、大理石の浮彫(レリーフ)がすぐさま目にとまったのも不自然ではない。なにしろ目立って大きかったから。あの浮彫は中世芸術のあからさまな模倣で、男の頭部を象(かたど)ってあって——その表情は野蛮なまでに不敵でありながら高貴だった。放心したように口の端で強(こわ)ばった笑みは、ゴシック期のあらゆる彫像作品に見られるものだ。だがこの非常に面長(おもなが)で、額のかたちに堂々とした気品があり、情熱の皺が刻まれた顔を見るのははじめてではない。どこかで出会ったことがある——本のなかでかもしれない。古い宝石細工かもしれない。だが誰の肖像かは思い出せなかった。考えこんでいるうちにだんだん不安になってきた。この力強い顔つきから逃れられそうにもない。夢のなかまで追ってくるかもしれない。とつぜん子供じみた恐れにとらわれて、これ以上見ていられなくなり顔をそむけた。

すると本の束が視線をかすめた。紐で括(くく)られ埃をかぶっている。一番上の本は表題が読めた。『神への信仰はなぜ世界から消えたか』。

奇妙な問いだ。そもそもこんな形の問いは成り立つのだろうか。著者はどんな貧しい結論に達そうというのだろう。どれほど凡庸な回答を読者に用意しているのだろう。科学に罪を負わせるつもりか。それとも技術か社会主義にか。あるいは最終的には教会にか。

しょせんどうでもいい疑問ばかりだ――ただ、この本と、表題が投げかける問いから思考を振り切ることはできなかった。わたしはめったにないほど苛(いら)ついていた。新しい人間関係や田舎生活、それに荷の勝ちすぎる仕事に怯(おび)えていたのかもしれない――その不安を紛らわそうと、頭をよそに向けねばならなかったのかもしれない。神への信仰がなぜ世界から消えたか、わたしは知らねばならなかった。それもすぐこの場で。その願望は強迫観念じみてわたしを襲った。店に入ってこの本を買おう。もし持ち主がこの一冊だけを手放すのを拒んだら、一束まるごと買ってもいい――だが無理だった。戸に鍵がかかっていた。

そういえば昼休みの頃おいだ。店主は自宅にもどって食事をしているのだろう。わたしも同じように空腹を感じ、苛だちはますます募った。店主が店をまた開ける気になるまで、ここに立って待つべきか――しかし列車が出てしまう。駅に残ってゆっくり昼食でもとっていれば、こんな苛だちも避けられたのに。もっとも——骨董品屋はすぐにも帰ってくるかもしれない。たぶんこの近くに住んでいるのだろうから。あれらの古い、息苦しい、正面が汚れて灰色になり、窓ガラスが曇った家のどれか一軒に住んでいて、どこかの窓辺に座り、せかせかと食事をとっているか——あるいはもしかしたら、店の控室にいて、ただ食事の邪魔をされたくないから錠をおろしているのかもしれない。

呼び鈴の引き綱が戸の脇にあったので鳴らしてみた。だが誰も開けてくれなかった。

——すると昼寝中か——腹立ちまぎれにそう口に出すと、骨董品屋の面影があざやかに浮かんできた。頭の禿げた灰色の無精髭の老人で、ソファに横たわりいびきをかいている。毛布が顎（あご）までかかり、脂で汚れて型崩れした帽子が戸のわきにかけてある。——眠っているので目の覚めるまで待たねばならない。なんということだ。よそから客が来たときにかぎって店を空けるとは。店に客を呼ぶことなど、さして意に介さないとみえる。それならそれでいい。別に入り用な本でもない。

まるで禁じられた行為のように、ゴシック風の浮彫にもう一度盗み見るようなあわただしい一瞥を投げて、わたしはそこを去った。

中庭をふたたび通り抜けたところで気がついた。骨董品屋に手紙を書いて、あの本を送らせたらどうだろう。もう時間があまりないので、わたしはあわてて引き返した。そしてまだ閉まっている店が面した小路の名と家番号、それから店主の名を走り書きした。

店主はゲルソンといった。あの本はまだ飾り窓にあるだろうが、注文したわけでもないのだから、わざわざまた行くまでもあるまい。それにしても頭から離れない疑問の答えをどちらもモルヴェーデで見出そうとは、あのときは夢にも思わなかった――なぜ世界から神への信仰が失われたか、そしてあの大理石の頭部はいかなる生者のもので、いかなる死者のものであるのか――それをモルヴェーデで知ることになろうとは。

汽車の出る十分前に駅前広場に着いた。そこでわたしは、緑に塗装したキャデラックに不意に出会った。簡単に言うと、交通巡査の指示で足を止めたとき、右手から車が走ってきて、運転席に女性がいて、その女性をわたしは知っていた。

第四章

今わたしは病室に横たわり、右手を睡眠中か麻痺中のように伸び伸びと掛布のうえに置き、目をあてどなく壁模様の赤い直線や波線や星型にさまよわせ――そんな無為な時をすごしながらも、ビビッシェのことを思っただけで動悸が高まり、息が苦しくなるのを感じる――しかしあのとき、駅前広場でのわたしは平静そのものだった。自分でも意外なくらい落ち着いていた。きっとあの出会いを自然なこと、何の不思議もないことと思っていたのだろう。驚くとすればあまりにも遅く、最後の瞬間まで現れなかったことだけだと。

緑のキャデラックの運転席に座っていた女性を、わたしはベルリンで一年のあいだ空(むな)しく捜していた。そのあげく、あるかなしかの期待とともに、希望らしい希望も持たぬ生活をはじめようという矢先、灰色ひと色の面白みのない生活を目前にした矢先に――わたしが後にした市(まち)――心の冷たいわがままな恋人と別れるように立ち去った市は、敵意ある険しい表情を和らげて、はじめて笑みを見せた――「ごらんなさい」――市はわたしの後ろから呼びかけた――「こんなにあなたのことを思っていたのに。どうして行ってしまうの」――引きかえして留まりなさい。あの出会いはそんな意味だったのか。ならばもう遅すぎる。それとも単なる別れのあいさつか。わたしが別れを告げた世界が、向こう岸から嘲り交じりに、形ばかりのウィンクを最後に送ってよこしたのだろうか。

どちらでもなかった。それは失ったものとの出会いであり、より大きなものへの序曲だった。だがそのときのわたしは、そこまで大それて考えてはいなかった。

バクテリア研究所にいたときのわたしたちは、はじめ彼女のことは、名がカリスト・ツァナリスで生理化学を研究していることしか知らなかった。それから徐々に知ったこともさして多くはない。十二歳のときアテナイを去って、病身らしい母と二人でティーアガルテン地区の邸宅に住んでいること。必要最小限の範囲でしか人づきあいをしないこと。父親はギリシャの大佐で王の副官だったが、すでに故人であること。

それがすべてで、それでもってわたしたちは満足するしかなかった。カリスト・ツァナリスはわたしたちの誰とも立ち入った事柄を話さなかったから。あらゆる他人と距離を置くことをこころえており、短い雑談の機会があっても、専門のことだけを話題にした。ブンゼンバーナーがちゃんと作動しないとか、高圧滅菌器がもう一台あればいいとか。

はじめて研究所に顔を見せたとき、このギリシャ人の女子学生は注目の的となった。わたしたちはみんな、彼女によい印象を与えようとした。あらゆる口実をこしらえては彼女を取り巻き、研究の方向をたずね、助言や支援をしたものだ。やがて、あらゆる接近の試みを等しなみに冷淡にあしらうのがわかってくると、関心は薄れていったが、完全に消えたわけでもなかった。高慢で思いあがりがはなはだしく、甘やかされて計算高く、いうまでもなく愚かで、「われわれ研究者を数のうちに入れていない」と皆は噂した。「あの女の気を引くためには、少なくともメルセデスを持っていなければならない」というわけだ。——事実、彼女がいかなる形でも親密な交際を拒否するのは研究所のなかに限られていた。日が暮れて研究所を後にすると、いつも紳士が待ちうけていて、手を取って彼女を車に乗せた。わたしたちはすぐに崇拝者たちを識別できるようになった。そして、いずれも自前の車を持つそれら殿方に、ひとりずつ綽名(あだな)をつけた。昨日迎えに来たのは〈族長アブラハム〉だったとか、いっしょにオペラ桟敷にいたのは〈にやけ牧神(ファウン)〉だったとか、わたしたちは律儀に確認したものだ。〈族長アブラハム〉はいかにもセム族らしい外見をもつ白髯の老人で、〈にやけ牧神〉は、いつも人なつこくて楽しげな笑みを浮かべたとても若い男だった。そのほかにも〈メキシコのビール醸し〉や〈大猛獣ハンター〉や〈カルムックの王子〉がいた。〈大猛獣ハンター〉はいちど、彼女が仕事で遅くなったとき実験室に現れ、カリストはどこにいるかと聞いてきた。更衣室にいるのをわたしたちは知っていた。だがわれわれは〈大猛獣ハンター〉を好ましからざる闖入者のように扱い、外部のものに研究所への立ち入りは許されていないと厳しい口調で注意し、外で待つよう要求した。彼はおとなしく言いつけに従って退散した——これははなはだ心外なことだった。舌鋒の鋭さに定評のあるわたしは、いちどくらい〈大猛獣ハンター〉とわたりあってみたかった。といっても嫉妬からではない。そうした手段で彼女の心のなかになにがしかの位置を占めるか、あるいは少なくとも彼女の目をひけるかと思ったのだ。

　学期が終わるころ、わたしは病気にやられて何日か家に籠っていた。ふたたび研究所に顔を見せたときには、カリスト・ツァナリスはもういなかった。研究を止めてしまったのだ。同僚のひとりひとりに別れのあいさつをし、わたしのこともたずねたらしい。将来のあてについて聞かれると言葉を濁したという。研究は打ち捨ててすぐにでも〈カルムックの王子〉と結婚するつもりなんだ、とある同僚は主張した。だがそれは信じがたかった。彼女の研究への執念には病的なくらいの野心があらわれていたから。そればかりか——まさにその〈カルムックの王子〉と称される紳士が研究所前で彼女を待つ姿は、ここ二か月ばかり見かけない。洒落たイスパノスイザ（フランスの高級車）もろともお払い箱になったのではなかろうか。

まる半年のあいだ、朝から午後遅くまで、わたしと彼女とは同じ部屋で仕事をしていた。そのあいだわたしたちは、もし記憶に間違いがなければ、朝晩のあいさつを除けば、十語と言葉を交わさなかった。


はじめのうちわたしは、すぐまた彼女は実験室に現れ、研究を再開するものと思っていた。毎日会って、声を聞き、歩く姿や身動きする姿を目で追うのを許される時間が二度と来ないとは、頭が納得しようとしなかった。空しく何週間も待ったあげく、とうとうわたしは彼女を捜しはじめた。

ベルリンで人を見つけ出し、住処（すみか）を突きとめ、生活習慣を知ろうとするなら、おそらく正確で確実な手段がひとつある。探偵事務所ならその課題をきっと何日もかからずやってのけるだろう。だがわたしは他の道をとらねばならなかった。カリスト・ツァナリスとの再会を純粋な偶然としたかったから。少なくともそのようなものと見せかけたかったから。

日が暮れると高級レストランを巡り歩いた。それまでは名さえ知らなかったレストランだ。腰をすえるつもりもない酒場に入ると、ほとんどいつも、何も言われてないのに、自分が注目を集め、不審がられているように感じてしまう。そこでたいてい空席を探すふりか、知人と待ち合わせているふりをした。給仕に出くわすとシュトックシュトレーム領事とかバウシュロ試補とか適当な名をたずね、残念ながらいらっしゃいませんと聞くと不満の顔をつくろって店を出た。ときには腰をおろし、ちょっとしたものを注文することもあった。そのような機会にいちど、シュトックシュトレーム領事ならたったいま店をお出になりましたと給仕に告げられ驚いた――「背の高いすらりとした方で、鼈甲縁の眼鏡をかけて髪をきれいに分けておられました」。

大きなホテルの五時のお茶の時間には、踊るカップルのなかにビビッシェをさがした。初演の夜には劇場前に立ち、車の到着を待った。美術展覧会が開かれたときや封切映画に招待されたときは必ずかけつけた。たいそうな苦心をしてギリシャ公使の夜会に招待されるようにもした。そこでも会えなかったとき、ようやくわたしの意気は挫けた。

あるバーで彼女を見かけたと、同僚のひとりが言っていたのを思い出した。今やわたしはそこの常連だった。夜ごと一杯のカクテルで何時間もねばり、扉からずっと目を離さない。最初は扉が開くたびに、期待に軽く身が震えた。そのうち目を上げることさえしなくなった。いつもきまってどうでもいい、興味のない人間しか入ってこないことに、いつしか慣れてしまったのだ。

探索の成果は乏しいどころではなかった。ダンス用流行歌をたくさん覚え、新しく上演される戯曲の名をおおかた知った。ビビッシェだけに会えなかった。

いちど〈大猛獣ハンター〉に出くわしたことがある。ワイン酒場のテーブルにひとりで座り、強い葉巻を吸って、ぼんやり宙をみつめていた。目だって年をとったように見えた。連れがいないのを見て、彼もまたビビッシェを見失い、ベルリン中をロードスターで、いつも落ち着きなく、彼女を捜して走りまわっているのだと、想像のうちで一人決めした。急にこの男に同情がわいてきた。いちどは争おうとしたこともあるこの男に。こいつとはいわば運命をともにしている。もうすこしでわたしは立ち上がり、握手を求めるところだった。彼にはわたしがわからなかったが、探るような視線が不快になったらしい。席を立ち、こちらからは顔が見えない場所に座った。そして懐から新聞を出して読みはじめた。

わたしは出発の日までビビッシェを捜していた。ベルリンにもういないかもしれないとようやく思いついたのは、奇妙なことに、駅の窓口でオスナブリュック行きの切符を買ったときだった。

そしてここ、オスナブリュックの駅前広場で、緑のキャデラックを運転する彼女を、十歩と離れていない近さで見た。海豹（あざらし）の毛皮と灰色のベレー帽を身につけた姿を。

わたしは幸せだった。その瞬間は幸せそのものだった。彼女に見られ認められるとはけして望まず、彼女がそこにいてわたしがそれを見るだけで十分だった。すべては二、三秒のできごとだったように思う。やがて彼女はベレー帽を直し、吸殻を道に捨て、ふたたび車のギアを入れた。

はじめはゆっくり、そしてだんだん速さを増して彼女が遠ざかったあとでようやく、とっさに行動を起こすべきだったと気づいた。タクシーに飛び乗って追いかけるべきだった、といっても彼女と話すためではない、二度と見失わないよう、車がどこへ行くのか、彼女がどこに住んでいるかを知っておきたかった。だがすぐさま、引き受けた職務のことが意識にのぼった。わたしはもう時間を自由にできる身ではない。あと何分かで汽車は出るし、レーダ駅に車を待たせてある。——それがどうした！——わたしは内心で叫んだ。——いいから彼女を追え！——だが手遅れだった。市内に向かう広々とした道路に、もはや車は影もかたちもなかった。

——さようなら、ビビッシェ！——わたしは小声で言った。——またもや君を見失った。運命は機会をくれたけれども、わたしは無駄にしてしまった。運命だって？　なぜ運命なのか。神はわたしのために、ビビッシェ、君を路上に遣わした。遣わしたのは神だ。運命ではない——なぜ神への信仰が世界から消えたのか——その問いが頭を貫き、その一瞬、骨董屋の飾り窓にあった大理石の強ばった顔が目に浮かんだ——

わたしは驚きあたりを見回した。いつのまにか広場の真ん中に立っていて、あたりはたいへんな騒ぎだ。タクシーの運転手はわたしに怒鳴り、オートバイに乗った男はわたしの面前で飛び降り、わたしを罵り、拳をふりあげて威(おど)した。交通巡査が続けざまに何度も合図を送ってきたが、意味がわからなかった。止まれというのか、行けというのか。直進か、それとも右か左か。

わたしは右に進んだ。そのとき腕にかかえていた新聞や雑誌を落とした。拾おうとかがんだとき、背後でクラクションが鳴った。落ちたものはそのままにして、わきに飛びのいた。――いや、新聞は拾ったに違いない。なぜならあとで列車のなかで読んだから。すると新聞を拾ってからわきに飛びのき、それから――何が起こったのだろう。

何も起こらなかった。歩道をわたって駅に入り、切符を買って荷物を手にした。わざわざ思い返すまでもない。そしてそれから列車の席に座った。

第五章

レーダの駅でわたしを待っていたのは四人乗りの大きな橇(そり)だった。貴族の御者にはとても見えない若者が手荷物を運んでくれた。わたしが襟を立てウールの毛布を膝にかけると、橇は荒(すさ)んだ平地を、葉を落とした樹々のあいだを、雪をかぶった刈り入れ後の畑のうえを滑っていった——単調な眺めが悲しく胸にせまり、暮れゆく日の弱々しい光が、打ちのめされた気分をひときわそそった。わたしは眠りこんだ。乗り物に乗るとすぐ疲れが出るのだ。橇が林務官の家の前で停まると目がさめた。犬の吠える声が聞こえ、わたしは寝ぼけまなこを見開いた。目の前に立っていたのは、今病室の床を掃いている、わたしと会ったことのないふりをしている男だ——このプラクサティン侯爵は短い毛皮の上着と高長靴姿で橇のわきに立ち、わたしに微笑みかけた。上唇の傷痕はすぐに目についた。——縫い方もまずいし癒え方もまずい——どうなればあんな傷痕ができるのか。まるで大きな鳥にくちばしで突かれたようだった。

「旅はどうだった、先生」男は聞いてきた。「荷物もあると思って大橇を遣ったのに、そのちっぽけなトランク二つだけなのかい」

男は馴れなれしい、恩着せがましい口をきいた。今箒を抱えてそっと病室を出た男が、あのときは目下のものに話すように話しかけてきたのだ。この男をモルヴェーデの大地主と思ったのも無理はなかった。わたしは橇から立ち上がってたずねた。

「フォン・マルヒン男爵でいらっしゃいます――」

「いや男爵じゃない。たんなる領地管理人さ」男はわたしをさえぎって言った。「侯爵アルカジイ・プラクサティン――お察しのとおりロシア人、嵐に飛ばされた板切れの一枚だ。ロシアにはこれこれの面積の地所があったとか、たいそうな邸宅がペトログラードにひとつ、モスクワにひとつあったとか、いつも同じことばかり言って、そのくせ今はどこかのレストランで給仕をやってる典型的亡命者のひとり――俺は幸い給仕になることもなく、この領地で食わせてもらってるがね」

男はなおもわたしの手を握っていた。話しぶりには鬱屈した投げやりな調子と軽い自嘲が混じり、聞くものをとまどわせた。こちらからも自己紹介をしようとしたが、男は余計なことだと思っているようで、一言も話させなかった。

「査定人、管理人、管財人。何と呼んでもらってもけっこう」彼は話し続けた。「厨房頭（がしら）にだって、なろうと思えばなれた。取り柄はそっちのほうにあるかもしれん。ロシアにいたときは、俺がつくった魚のピロシキやクリーム茸やパイ付き狩人風スープは近所中で評判だった。あのころはまだ生活というもんがあったよ。しかしここじゃ――この国、この地方ときたら――トランプはやるかい、先生。バクやエカルテを少しくらい。えっ、何もやらない。そりゃ残念。ここじゃ、とてつもない孤独の他はなんにもありゃしない。いまにわかるよ。社交の欠片（かけら）さえお目にかかれない」

そしてようやく手を離すと、煙草に火をつけ、ぼんやりと夕暮れの空と青白い月を見上げた。わたしは毛布に包（くる）まり震えていた。男はまたも一人語りをやりだした。

「まあいい。孤独もためにならんでもない。だがここの生活ときたら、刑罰といったほうがいい。朝あわてて服を着ながら、よく自分に言って聞かせるんだ。いまの味気ない生活は、みんなお前のせいだ、お前が自分で望んだことでさえあるって。ボルシェビキに逮捕されたあのとき――なんで捕まったかは一生わからんだろうが――あのときも死に怯えてた。そうさ、恐くて震えて、跪（ひざまず）いて神に祈りさえした。神よ憐れみたまえ、まだ若いのに死にたくはありません――『悪魔に攫（さら）われるがよい』神はそう言った。『わたしにとって、お前はもう信仰に殉教したも同然だ。行って生きるがよい』――ということで、今じゃこの生を生きている。他の奴らは——やっぱり過ちをおかし、心に悪を積み重ねて、博打をして酒を飲み、金銀を無駄使いした。そしてめったに罪を悔いて泣かなかった——だが今じゃ、そんな奴らだって呑気に暮らしてる。農夫のような暮らしでも、オートミールに自家製蒸留酒がありゃそれで満ち足りて、何ごとも思い煩わない。だが先生、俺は違う、絶えず自分のことを思い煩っている。そいつが俺の病気だ。自分のことに煩いすぎる。それはそうと先生、あんた、あの赤に肩入れしちゃいまいね」

そもそも政治にかかわりはないとわたしは答えた。男はこの返答に不機嫌と焦燥を聞き取ったに違いない。というのも一歩後ろに下がって、額を叩いて自分を責めだしたからだ。

「俺はここで無駄口を叩いてる、政治談義さえしてる。向こうで病気の子が寝てるというのに——先生、俺をどう思う。わが友にして恩人の男爵はこう言った。アルカジイ・フョードロヴィッチ、医者の先生を迎えにいけ、そして先生があまりお疲れでなければ、途中で往診に立ち寄ってくれ——林務官の家のちっちゃな女の子が、まる二日間熱が下がらない。もしかしたら猩紅熱かもしれないとね」

わたしは橇から降りて、彼について家に入った。そのあいだ御者は馬を曳き綱から外し、運動をさせた。鎖につながれて犬小屋で寝ている狐の子が、憤って出てきてわたしたちに向かって鳴いた。ロシア人は足を突きつけ、拳でおどして叫んだ。

「黙らんか、悪魔の私生児、三倍呪われた野郎、穴のなかに消えろ。何度も見てるくせして、まだ俺とわからんか。役立たずの無駄飯食らいめ」

わたしたちは家に入った。灯りの乏しい廊下を抜けると、暖房のない暗い部屋に出た。ろくに何も見えなかった。椅子か何かの角に脛をぶつけて痛かった。「まっすぐに、先生」そうロシア人が言ったが、わたしは立ちどまり、近くの部屋から聞こえてくるヴァイオリンの演奏に耳を傾けた。

タルティーニのソナタの最初の数小節だった。この鬱々としたメロディーには、鬼火めいたものがあって、聞くたびにわたしの心をとらえる。幼いころのある思い出がこの曲と結びついているからだ。日曜に、わたしは父の部屋にいた、わたしひとりを残して、家族は皆外出していた。暗くなって辺りは静まりかえった。暖炉から微かに風の泣く声が聞こえ、あらゆるものに魔法がかかり、わたしを怖がらせた。独りいることへの子供じみた恐れは、明日への恐れ、人生への恐れにつながっていった。

怯えて今にも泣きそうな小児となって、一瞬わたしは立ちつくした。それから気をとりなおした――この淋しい家で、誰が「悪魔のトリル」の第一楽章を演奏しているのか。するとロシア人が、わたしの心を読んだように教えてくれた。

「あれはフェデリコだ。やはりここにいたんだな。朝早くからずっと見かけないと思ったら、ここでヴァイオリンを弾いてやがった、フランス語のレッスンをさぼって――こっちだよ、先生」

わたしたちが部屋に入ると、ヴァイオリンの演奏が止んだ。一睡もしていないような色褪めた頬と張りのない顔つきをした中年の女性が、寝台の裾のほうから身をおこし、心配げな、期待に満ちた表情でわたしを見た。光を絞った灯油ランプが枕を、そして病気の子のほっそりした顔を照らしている。まだ十三か十四といったところか。黒ずんだ樫でできたキリスト像が、ベッドの上部で腕を広げていた。「悪魔のトリル」のソナタを弾いていた少年は、窓枠に腰をかけ、ヴァイオリンを膝のうえに乗せ、暗がりでじっと動かずにいた。

「どうだい」診察が終わるとロシア人が聞いてきた。

「あなたの言ったとおり猩紅熱だ。地方統括者に伝染病の届けを出そう」

「地方統括者は男爵で、俺はその助手だ。書類は俺がつくって明日届けさせるから、署名を頼む」

手を洗いながら、わたしは婦人に今夜すべきことを指示した。彼女はその指示を、不安と興奮がうかがわれる声で余さず復誦し、すべて覚えたことを示した。そのあいだもずっと子供から目を離さなかった。いっぽうロシア人は少年に目を向けた。少年はあいかわらず身動きせず、窓枠に乗ってうずくまっている。

「これでわかったろう、フェデリコ、お前が俺をどんなに困らせているか。お前はここに来ちゃいけないんだ。だがお前はおかまいなしに、いつ見てもいやがる。風に乗って来るように、ひっきりなしにやってくる。いまだって病人といっしょにいて、もしかしたらお前ももう、猩紅熱にかかってるかもな。言いつけを聞かなかったせいだ。俺はどうすりゃいいんだ。お前がここにいたことを、父親に言わなきゃなるまいよ」

「あなたは黙っている、アルカジイ・フョードロヴィッチ」暗がりから少年の声がした。「僕は知っている。あなたは黙っている」

「ほう、知ってるのか。まったく正確に知っているというのだな。もしかして俺を威(おど)すつもりか。フェデリコよ、俺を何で威そうというのだ。今俺は真面目にお前に話しかけている。いまの言葉はどういう意味だ。言ってみろ」

少年は答えなかった。その沈黙がロシア人を不安にさせたらしい。一歩前に進んで続けた。

「暗い夜の木菟(みみずく)のように、お前は威すようにじっと黙ってる。俺が怖がると思っているのか……何をそんなに怖がらなきゃならない。なるほど、俺はたびたびお前のささやかな勝負の相手をしてやった。だが好きでやったわけじゃない、たんにお前の気を晴らそうとしてだ。お前が署名した紙切れについて言えば――」

「〈三十と四十(トランテ・カラント)〉のことを言ってるんじゃない」声に軽く高慢と不機嫌を響かせて少年は言

った。「威したつもりもない。あなたは口をつぐむ、アルカジイ・フョードロヴィッチ、それはただ、あなたがジェントルマンだからだ」

「なるほど、そう来たか」すこし考えたあとロシア人は言った。「よろしい。お前のためを思って、今回だけはジェントルマンとして口をつぐもう。しかしお前は明日もきっと来る」

「もちろんだ」少年が答えた。「明日も来るし、毎日来る」

少女が布団のなかに手を入れて、目を閉じたまま、微かな声でたずねた。

「フェデリコ、あなたはまだいるの、フェデリコ？」

少年は静かに窓枠から滑り降りた。

「うん、エルジー、まだいる。君のそばにいる。先生もいる。すぐによくなって起きあがれるようになるよ」

ロシア人はそのあいだに決意を固めたようだ。

「そんなことはとうていできない」彼は言った。「お前の訪問を許すわけにはいかない。お前の父親に対して責任がもてない……」

少年は手を振って話を止めさせた。

「あなたに責任はない、アルカジイ・フョードロヴィッチ。責任はすべて僕ひとりで持つ。あなたは何も知らない、僕と一度も会わなかったということにしておいていい」

この瞬間まで、ロシア人がこの育ちきっていない若者と談判する様子を、わたしは気分を害してというよりはむしろ楽しんで見ていた。しかしいよいよ自分の出番が来たようだ。

「ことはそんなに単純なもんじゃない。医師として一言言わせてくれ。君はこの部屋にいることによって保菌者となった。君と接触するあらゆる人にとって、君は危険なんだ。それはわかるかい」

少年はなんとも答えなかった。彼は暗がりに立ち、わたしは彼の視線を感じた。わたしは続けて言った。

「だから君は、二週間のあいだ隔離され観察されねばならない。それはわたしが担当しよう。むろん君の父親にも知らせねばならない」

「本気で言ってるのか」少年の声の調子が変わり、いくぶん動揺しているのに気づき、わたしは満足した。

「もちろんだ。わたしはくたくたに疲れていて、冗談を言える気分ではない」

「だめだ、父さんに言ってはいけない」小声で、しかし押しつけがましく少年は頼んだ。

「何がなんでも、ここで僕と会ったことは言わないでくれ」

「残念だが選択の余地はない」できるだけさりげなく響くようわたしは断言した。「今日はこれで帰ろう。さしあたりすることはもうない。それにしても、君はあまり意気地がありそうにないな。わたしが君くらいの年だったときは、罰を受けるにふさわしいことをしたならば、もうすこし勇敢に罰を受けたものだ」

すこしのあいだ誰も口を利かず、熱に浮かされた少女の息遣いと灯油ランプの爆ぜる音しか聞こえなかった。

「アルカジイ・フョードロヴィッチ」とつぜん少年が言った。「あなたは僕の友だ。なぜ僕を助けてくれない。あなたはつっ立ったまま、僕が侮辱されるにまかせている」

「先生、さっきのことは口に出しちゃいけなかった」ロシア人が言った。「本当だ。言うべきじゃなかった。この子は実に困った立場にいるんだ。無理をしてでも手を貸してやるべきだ。家でこの子の服を下着もろとも消毒するだけで十分とは思わないか」

「あるいはそれで十分かもしれない」わたしは認めた。「しかしあなたも聞いただろう。この子は明日からも毎日来るつもりだということを」

少年は窓枠にもたれて、わたしを見つめた。

「もし僕が、明日からは来ないと約束したら?」

「そんなに早く決心をひるがえすのか」わたしはたずねた。「君が約束を守ると、誰が保証してくれる」

ふたたび部屋は静かになった。やがてロシア人が言った。

「フェデリコを不当に扱っちゃいけない、先生。先生はフェデリコを知らないからそう言うが、俺は知っている。まったく正確に知っているとしてもいい。こいつが約束をしたら、きっと守る。保証してもいい」

「よし。それでは約束すれば——」

「アルカジイ・フョードロヴィッチ」少年がわたしをさえぎって言った。「僕の友でありジェントルマンであるあなたにだけ僕は約束する。エルジーが病気のあいだ、僕はこの家に来ない。それで十分かい」

質問はロシア人に向けられていたが、わたしが答えた。

「それで十分だ」

音もなく影のように少年はこちらに来た。

「エルジー、聞こえるかい、エルジー。僕はもうここに来ない。僕が約束したのを聞いただろ。約束は守らなくてはならない。僕がここにいるのが父さんに知れたら、父さんは君を遠くに追いやってしまう。もしかしたら町なかの知らない人のもとへ。だから僕は来ないほうがいい。聞いてるかい、エルジー」

「坊ちゃん、この子は聞いていません。眠っています」婦人がささやいた。

彼女はランプを取り上げ、卓のうえに置いた。不意に光が少年にあたった。このときようやく彼の顔が目に入った。まず感じたのは衝撃だった。ロシア人か誰かに何か聞かれても、一言も答えられない状態だったと思う。

心臓のあたりに圧迫を感じ、手から体温計が落ちた。膝が震えだした。わたしは本能的に椅子の背もたれで体を支えた。

何秒かの惑乱がおさまり、ものを考える余裕ができると、わたしは自分に言いきかせた。いま見たものは、本当はあるはずのないものだと。感覚が麻痺し、神経が刺激されたために、記憶がいたずらしたのだと。この少年の顔にもうひとつの像、一日中わたしに付きまとった像が重なっている。この煩わしい強迫観念はすぐ追い払わねば。

少年はかがんで体温計を拾いあげ、わたしに手渡した。そこでもう一度、この顔を見ることになった――今度は照明の当たり具合が違って、わたしのほうを向いている――それで錯覚でないのがわかった。うまく説明できないが、この少年は、何時間か前にオスナブリュックで見た、骨董品店の飾り窓に他の雑品（がらくた）とともに置いてあった、ゴシック様式の大理石の浮彫の表情をしていた。

顔かたちの類似にもまして、両者の表情が瓜二つなのがわたしの心をとらえた。無軌道な暴力と荘重な優美がどういうわけか同居する、あの大理石の表情にわたしは驚嘆したが、それがまたもや目の前に現れたのだった。もっとも鼻と顎は似ていない。彫りがあれほど深くなく、和らいだかたちをしている。こんな顔つきの人間は、きわめて野蛮な心と、きわめて優しい心に、同時になれるのではないか。少年の顔で新たに驚かされたものは、目だった。大きく、青く、きらきらと銀色に反射する目は、まるでアイリスの花のようだった。

　飾り窓の大理石の像からは、思い切って身をもぎ離すこともできた、だが今のわたしは、金縛りにあったように立ちつくし、少年の顔と目を凝視するしかなかった。笑うべき振る舞いだったかもしれない。だが少年も管理人もわたしの心の動きに気づかなかったらしい。ロシア人があくびを嚙み殺してたずねた。

「もういいかい、先生。そろそろ行こうか」

　それからわたしの返事を待たずにフェデリコのほうを向いてたずねた。

「外に橇がある。大きな橇だから、三人はゆうに乗れる。お前も乗せてってやろうか」

「ありがとう。でも歩いていくよ。近道を知ってるから」

「この道はよく知ってるからな。知りすぎるくらいに」ロシア人が嘲った。「心配せずとも、お前が迷子になることはなかろう」

　少年はなんとも答えなかった。ヴァイオリンケースを腋にかかえてベッドに寄り、もういちど眠っている少女に目をやった。それからマントと帽子を身につけ、ひとつ頷いて、わたしをかすめて外に出て行った。

「先生、あんたは奴を侮辱した」橇が動き出すとロシア人が言った。「それもわざとだ。ちゃんと見たぞ、あんたの目が光ってたのを。先生はあの子の敵になった。だがフェデリコを敵に回すのは、利口とはいえない」

わたしたちは森を後にし、闇をついて雪の野原を走っていた。風が電信線をふるわせ、悲しげなメロディーを奏でた。

「フェデリコの父親って誰なんだ」わたしは聞いた。

「父親か。本当の父親はつまらない職人だ。イタリアの北のほうに住んでるそうだ。とんでもなく貧しい家だ。だが男爵が引き取って養子にした。いまじゃ実の子より可愛がってるかもしれない」

「男爵には実子もいるのか」

「ああ」すこし驚いた顔でロシア人は答えた。「あんたのちっこい患者だよ。男爵の嬢ちゃんに往診に行ってくれって言わなかったっけ」

「いや、聞いてない。でも男爵はなぜ、実の子を他人の家で育てさせているんだ」

わたしは自分がこんな質問をする資格がないことにすぐ気づいた。そこでこう言いつくろった。

「悪かった。今の質問は興味本位なものじゃない。医師としての立場からだ」

ロシア人は毛皮の上着ポケットからマッチ箱を取り出し、煙草に火をつけようとした。うまくいくにはすこし時間がかかった。それからおもむろにわたしに答えた。

「森の空気が子供の健康にいいからかもな。この村じゃいつも霧が出ている。いつも霧だ。秋もずっと。冬もずっと。ほら見えるだろ」

そして煙草を持った手を伸ばし、村のまばらな灯火を指した。灯は乳白色の濃いヴェールを透かし、仄(ほの)かにまたたいているようにも見えた。

「沼や湿地からやってきて、村に忍びこむ。昼といわず夜といわず、毎日のように。こいつは孤独よりもっとたちが悪い。気を滅入らせて魂を蝕(むしば)む――先生、あんたもトランプを覚えたほうがいいんじゃないかい」

第六章

わたしにあてがわれた部屋は、村の仕立屋の家にあった。仕立屋は痩せて背が高く、目が爛れ、動作がのっそりとしていた。オスナブリュックの龍騎兵隊に属していて、世界大戦には下士官として参加し、ワルシャワに進撃中に負傷したそうだ。結婚は二度している。最初の奥さんを「胸の病気で」亡くし、次の奥さんが持参金として幾許かの金とともにこの家を持ってきたという。それらもろもろの話は、越してきた夜に聞かされた、ゆっくりと回りくどく、わたしが道具を荷解きするのを手伝いながら、語ってくれたのだ。やがてこの男とはめったに顔をあわせなくなった。ほとんどいつも仕事場にいたから。ときどき庭で薪を割る音が寝室で聞こえるくらいだった。

おかみさんとは毎日顔をあわせた。わたしの部屋と服の世話をし、下着を洗ってくれた。最初は昼食もつくってくれたが、やがてわたしは、料理屋から持って来させるほうを好むようになった。勤勉で、静かに働き、あまり喋らない女性だった。日曜には黄色い縁取りの黒いスカート、エプロンに黄色い絹の帯、青い胸飾り――こんな衣装は村では誰も着ておらず、近隣でも一度だけ見かけたきりだ。

わたしの住居は三部屋からなっていた。その時代遅れの飾りつけは一目見ただけで激しい嫌悪を起こさせた。こんな役立たずで不快な家具や装飾品に囲まれた生活にすぐ耐えられなくなることは、最初からはっきりしていた。だが今ではいくぶん寛容な気持ちになり、なんとなく心を動かされさえする。診察室にあった額入りの写真凹版（ヘリオグラビア）や鹿の角、二脚のクッション張りの籐椅子、炉棚に置かれた水汲み女の像、寝室で埃をかぶったみすぼらしい造花。それらは限りない幸福の目撃者で、わたしが二度と見ることのないものだから。

二脚の籐椅子のひとつに座った最初の客は学校教師だった。

窓から観察していると、その男は門扉の前をためらうように何度も行ったり来たりしたあげく、いったんなかに入るそぶりを見せたが、ふたたび門から離れた。やっとのことで顔を見せたとき、わたしは鏡の前で髭を剃っていた。顔は痩せて皺が多く、まばらな長髪を天才風に整髪し、服は明らかにわざとだらしなく着ていた。きっと外見にこだわらないところを見せたいのだろう。実際、旅回りの講演家のように自分を見せることに成功していた。

患者として来たのではありません、とその男はすぐに言った。新しく同胞になった人への健全な疑念からなんです。わたしは人の印象を噂から形づくることはしません、個人的に調達することにしてます。他人からの影響は受けませんとも。というのも〈他人〉がここいらで——よそでも同じかもしれませんが——もっぱらやっているのは、多かれ少なかれ持ちつ持たれつの人たちを——ここで彼はすこし間を置いた——そしておそらくは一目置きあっている人たちを、仲違いさせることなんですから。

籐椅子に座ったまま、男はもの思わしげに暖炉の火を見た。雪解け水が深ゴム靴から垂れ、床の小さな内陸湖と運河をひとつにした。

わたしはここじゃ、ある種の連中から少々非社交的と思われているんです。なかんずく上流の方々に評判がよくありません——男はそう続けながら、あいまいに手を動かして窓枠のうえを指した——しかしその悪評はあえて甘受してます。それはわたしが正直で、つねに真理に、真理だけに基いてものを言うという主義にこだわるせいですから。歯に衣着せず、遠慮なくものを言う——これだけは譲れやしません、ええ、上のお方に向かっても。もちろん、ある種の人々にとって、わたしの真実への勇気は心地いいものではありません。とくになにか後ろ暗いところのある人にとってはね、でもそんなことにかまっちゃおれませんよ——

それから男は話題を変えて言った。

「ここらの気候は健康にはなはだ悪いんです。衛生に関しても、総じて芳しいとはいえません。進歩を敵視する気風がはびこってますからね。あなたがやることはたんとありましょう。あなたの前任者は、すくなくとも晩年には、少しはのんびりした暮らしにも恵まれたはずなんですが、運命がそれを許しませんでした。七十二歳で亡くなったんです。わたしはこの家で真の友を見出したといえましょう。故人とわたしは、あらゆることについて、あらゆる点で、理解しあいました。この部屋で幾晩、バタつきパンとビールジョッキとともに親しく語りあったことでしょう」

そして男は写真凹版を指した。シェークスピア作品の王が玉座に座している。女性が二人、庇護をもとめて足元に身を投げ出し、背景には異国風の使者が乗馬（のりうま）と駱駝（らくだ）とともに立っている。

「わたしが最後のクリスマスに贈ったものです。老人はたいそう喜んで、うやうやしく扱ってくれました。いまではこれも他の品と同じく、公共物になってます。遺品はみんな競売にかけられて村のものになったんです。むろん公明正大にとばかりはいきませんでしたね。いろんな人が裏でたんまり稼ぎました。でも天知る地知るといいますし、これからどうなるか知れやしません」

男はすこしのあいだ口をつぐみ、じっと写真凹版に見入っていた。そろそろ男爵を訪ねなければと言ってやると、わたしもお付きあいしましょう、道を教えてあげます、とさっそく言い出した。だがひとりでも間違えようはなかった。村道に出れば、すこし離れたところに、赤みをおびた砂岩でできた青いスレート屋根の三階建ての大邸宅が、落葉し雪をかぶったひとかたまりの橅の向こうに見えたから。

道すがらわたしの住居の家主とその最初の妻が話題になった。

「あの男はなんて言ってました？」大きな声で教師は言った。「女房は死んだ。胸の病気だったって言ったんですか。そいつは驚きですね。ちゃんと生きてますよ。逃げたんです。化学肥料工場の外務員と。男の後を追っかけていったんです。死んだですと。どんなふうに言ってましたか。神に召されたですと。あなたやわたし同様、ぴんぴんしてますとも、嘘だったらこの首を斧の下に置いてもよろしい」

そこでわたしは言ってやった。何もわたしのために、あなたの首をそんな危ないところに置くにはおよびません。あの人の奥さんが生きていようといまいと、どうでもいいことですから。しかし男は話しているうちにやたらに気を高ぶらせて怒りだし、何もかもお話ししましょうと言いだした。

「今の女房だって、奴をだましているんです。違うところといえば愛人が村にいることだけでね。蹄鉄鍛冶屋の長男とまずくっついたと思ったら、こんどは次男に鞍替えした。仕立屋は仕立屋で、女房の目をかすめて金庫から金を持ち出して、火酒の飲み代にしている。ミルクから出来たてのバターだって、あいつらのそばに置くと饐えた臭いがしてきます」

公園の釣瓶井戸際の、ささやかな芝生の手前に植わった、藁で包んだ薔薇の木のところで立ちどまり、男は別れのあいさつをした。そして軽く咎めるように言った。

「あなたは信じやすすぎる。どんなふうにでもだませると、すぐに見透かされてしまいますよ。なんであれ、この村で真実を知りたければ、わたし以外に聞いちゃいけません。神よ嘆きたまえ、わたしは真実を知っています。なんでもかんでも」

　そして教師は雪の積もった公園を抜けて、来た道を引き返した。歩きながら金雀児の赤い実に向けて、散歩用ステッキを振り上げていた。風が薄いマントをひるがえし、丸まった背に負う茶色の大袋には、村の住民についての嘆かわしい知識がことごとく詰まっているように見えた。格子門の前で彼はもういちどわたしのほうを見て、大げさな身振りで緑のビロードの帽子を振った。

第七章

フォン・マルヒン男爵は書斎でわたしを迎えた。広々として天井の低い樫材張りの部屋で、窓はテラスと庭に面していた。煙草の烟（けむり）が濃い雲となって書き物机の上方に揺蕩（たゆた）い、書棚に触れ、薄れながら屋根を支える虫食いだらけの梁へ昇っていった。壁に掛かるのは古代の剣や槍の蒐集品だった。なかには溜息が出るような珍品もあった。十六世紀の鎚矛（つちほこ）、革帯を柄に巻いたポーランドの戦斧、スイスの十文字槍、スペインの匕首（あいくち）、十六世紀の狩猟槍、十五世紀の戦闘用棍棒、両手で使う大太刀、スキアヴォーナと呼ばれる型のヴェネツィアの剣。サラセンのものと思われる大太刀を感嘆して眺めながら、わたしは男爵に娘の容態について報告した。

　男爵は注意深く聞いていた。途中ではさんだ二言三言の短い返答から、すでに朝早く見舞に行ったこと、そして林務官の妻が熟練した看護婦であることがわかった。生まれつき病弱だった二人のわが子を育てあげた女だそうだ。

「わたしの小さなエルジーは良い手のうちにあります。そのうえ先生がおられますから、いまは何も心配していません」

小さなエルジーのことはこの訪問ではこれ以上話題に出なかった。男爵は話をすぐにわたしの父のほうに持っていった。

わたしが父を思い出そうとするとき、浮かんでくるのはたいてい仕事中の姿だ。ものを考えられるようになり、周囲を観察できるようになるまでは、その仕事の意味について明確な観念は持っていなかった。そしていささかの疑いもなく、仕事机に置かれた美しい筆跡のびっしり詰まったノートには、わが家を盗賊から護る魔法の呪文と祈禱文が書かれているとばかり思っていた。わたしは父を尊敬し、その仕事は畏怖と好奇心を同時に起こさせた。のちにわたしは家政婦から、お父さまは〈歴史の本〉を書いていらっしゃるのだから、邪魔してはいけないと言われた。その本は、わたしが図書館や学校友だちから借りたり、クリスマスの贈り物にもらったりする海洋譚や冒険譚とは何の関係もないとも教えてくれた。おかげで父の仕事に対するわたしの興味は、長いあいだ失せたままになっていた。

晩年の父はいまだ鮮やかに記憶に残っている。項垂（うなだ）れて物思いに沈みながら部屋を行き来する父。家の老家政婦の勘定書きを点検する父。いつ見ても生気のない、すこし窶（やつ）れた顔をして、ときどき溜息をつく父。額の皺から見てとれるのは、口からもしばしば出る心配ごとか、あるいはおそらく疲労か、あるいはしばしば幻滅だった。息子と仕事のためだけにかろうじて生きている恐ろしく孤独な男。わたしが思い出す父はそんな父だ。

だがこの思い出は、男爵が素描してみせた父の肖像とはいささかも重なっていなかった。おそらく、そのときわたしの前で描かれた肖像は青年期のもので、画中のその人物が下り坂になった時分しかわたしは知らないのだろう。女性を征服し男性を魅了する、世間と人生への活力にあふれた男。狩猟と強いワインの友。あちこちの貴族の邸宅で待ち望まれ、喜んで迎えられる社交家。一本のワインか葉巻で貴重な知見を惜しげもなく振りまく鷹揚な学者。——疲れ果てた晩年の姿しかわたしが目にしていない父は、男爵の記憶のなかでそんなふうに生きていた。

「驚きました」わたしは小声で言って思いに沈んだ。

「ええ、あの方は驚くべき才能の持ち主でした」男爵が言った。「まことに偉大な人格でした。父君のことはいまもよく考えます。もしあの方ともう一度話せて、感謝を表せるなら、なにも惜しくはありません」

「感謝といいますと」とまどってわたしはたずねた。「何を感謝するのですか」

煙草の烟のなかから、予想もしない答えがかえってきた。

「あの方が思っていた以上に、わたしはあの方に感謝しているのです。あの方は早く亡くなりすぎた。あの方がぞんざいに投げ出した考えから、わたしの生涯の事業が成ったのです」

「男爵も中世ドイツ史を研究しておられるのでしょうか」

男爵はわたしにちらりと目をやった。ほっそりして彫りの深い顔から愛想が消えて強ばり、熱を秘めた狂信者のものとなった。

「歴史の研究はすでに終えました。目下(もっか)のところは自然科学をやっています」

ふたたび男爵は探るようにわたしを見た。もしかしたらわたしの顔に、父の懐かしい面影を見たかったのかもしれない。わたしは黙り、壁に掛かった中世の武器を眺めた。

「わたしのささやかな蒐集品に興味がおありのようですね」そう言うと男爵はふたたび表情を和らげ、さきほどのいくぶん非個性的な顔つきになった。「あの大太刀を気にいられたのではありませんか」

わたしは頷いて言った。

「サラセンのものですね。十二世紀末のものではありませんか」

「ええ。おなじ工房で作られたものがもうひとつあります——鎖帷子(くさりかたびら)です。太刀は刃に名が彫ってあります。〈アル・ロスブ〉、つまり〈深く切り込むもの〉という意味です。第二次十字軍との戦いで使われたものです。最後の持ち主はベネヴェントで斃れました。主君の皇子マンフレートと運命をともにしたのです」

男爵はサラセンの太刀の下に掛かった、サーベルの形をした短く曲がった剣を指した。

「そしてこれは？　これはご存知ですか」

「フランスで〈ブラケマール〉、ドイツで〈マルクス〉と呼ばれる種類の武器ですね。形は古代のものです。ローマの剣士が身に帯びた猟刀に似ています」

「すばらしい！」男爵が叫んだ。「あなたは目利きだ、わたしにはわかります。今後もたびたびいらしてください、先生。時間のあるときはいつでも。いえ、ほんとうに、約束していただかなくては。夜は長いし、どのみちここいらでは交際相手も多くはありませんから」

男爵は立ち上がり、ウィスキーの壜とグラスを持ってきた。そして部屋を歩き回りながら、交際に値すると彼が考える人たちをわたしに数え上げてみせた。

「まずはわたしの旧友である司祭です。わたしに堅信をほどこしてくれました。何の変哲もない田舎司祭があれほど博識であることに、先生も驚かれることでしょう。きわめて親切で魅力もある人物です。ただ——先生、わたしを誤解しないでくださいよ。近頃どうもあの男にすこしうんざりしてきました。話をしてもはやまったく、昔の魅力が感じられません。もう一杯いかがです、先生。足が一本じゃうまく立てませんぞ（「二杯目をどうぞ」という意味の決まり文句）。司祭はこの世のものごとを寛容の目で眺めています。多くの人が誤解してますが、あれは純朴なためじゃありません。違いますとも。おそらくは諦観しているだけなのです。わが旧友は年輪の重みに耐えているのです」

吸殻を投げ捨てて、さらに男爵は話し続けた。

「管理人のプラクサティンとはもう会われましたな。あの男からはあらゆる種類のトランプ遊びと、ロシア独特の世界観を学べることでしょう。ちなみにあの男はリューリク家の末裔です。そう、プラクサティンはリューリク家のものなのです。〈不当〉がこの世を統べてさえいなければ、今頃あの男はツァーリの王座に座っているでしょう」

「あるいはウラルの鉛玉に当たって倒れていたでしょうね」わたしは言った。

男爵はわたしに詰め寄り、戦意をみなぎらせた目で睨んだ。

「何ですと。失礼ながら、あなたのお考えには同意できませんね。ホルシュタイン－ゴットルプ家はあの国ではよそ者でしたし、ロマノフの名を僭称した後もよそ者であることに変わりはありません。それをお忘れなさらぬよう。もし統治者の家系が正統なものであったならば、ロシアの人民は異なる発展の道をたどったことでしょう」

そして男爵はふたたび部屋を巡りはじめた。

「あなたを助手の女性に引き合わせるのは一週間後になります。昨日わたしの車でベルリンに遣りましたから。性能のいい高圧滅菌器が要るのです」

「農作物に使うのですか」このわたしの質問は、単に儀礼上のものだった。何のために男爵の領地に高圧滅菌器が必要なのかは、わたしにとって少しも重要ではなかった。

「違います。農作物用ではありません。わたしはきわめて的を絞った自然科学上の問題に取り組んでいます――これはさきほども申しました。この仕事に関して助言と援助をしてくれる若い婦人は、細菌学者で化学の博士号を持っているのです」

わたしは男爵の話をおざなりに聞いていた。男爵の研究が自然科学であろうが他の分野であろうが知ったことではない。だが最後の言葉にはひらめくものがあった。わたしと無関係ではないのが直感された。そしてにわかに幸福感と幻滅への惧れ――ありえないことをあえて信じたくはない――細菌学者――ビビッシェ――化学の博士――男爵は昨日助手をベルリンへ遣ったと言った――昨日オスナブリュックの駅前広場でビビッシェを見た――一週間後にもどってくる――だがありえない、彼女がここに住んでいるとは。毎日でも会えるほど近くに――そんな奇跡が起こってたまるか。夢だ。ほんの一時の夢だ――男爵の車でベルリンに――緑のキャデラックかもしれない――聞かなくては。すぐに聞かなくては――

だが男爵は先ほどの話題に戻った。

「そう、それから学校教師もいます。この男のことを話すのはやめておきましょう。先入観を与えてはいけませんから。それとももうお会いになりましたか？　そうですか。それではどのみちすべて知っているわけですね。あの男は自分のことを自由精神と言っています――いやはや。何が自由というのでしょう。あれは村中で最悪の舌を持っています。誰をもぼろくそに扱(こ)きおろし、あらゆるところに陰謀を嗅ぎつけて――人間を見通しているつもりなのですね。自分の前では何もごまかせやしないというのです。どういうわけだか、あの男はわたしを天敵とみなしています――まあ、どうしようもありません。しかし結局のところは無害な男です。誰もがそれを知ってますから、聞き流しているのですよ」

　わたしはふたたび落ち着いてきた。あらためて考えてみれば、ビビッシェがこの村に住むなどありえない。ちやほやされ言い寄られるのに慣れているあの女には、大都会の贅沢と快適がなくてはかなうまい。それなしに生きてはいけないはずだ。ここでビビッシェを捜すとは、馬鹿馬鹿しいにもほどがある。煙で煤けた農家と雪をかぶった馬鈴薯(じゃがいも)畑のあいだに、泥濘(ぬかる)んで凸凹した村道に、あの人がいるというのか。そんなはずはない。ビビッシェを見つける気をわたしはなくした。

　しかしわたしのなかの何かが、車についてたずねさせた。助手がベルリンまで運転したという車について、わたしは遠まわしに質問した。

「もしかしたら、ときどき隣の村からも往診を頼まれるかもしれませんね。そんな急ぎの場合に、この村で車が使えるでしょうか」

男爵はウィスキーグラスを空にした。葉巻は灰皿に置かれて烟をあげていた。

「わたし自身が一台持っています。もちろんめったに使いはしません。急ぐことを好まず、運転席より鞍に乗ることを好む、滅びつつある族(うから)のひとりなのです。機械だらけの時代はあまり好みません。この地には――そういえば先生、ここいらの土壌はなかなかいいんですよ。石灰質土、沖積土、それから砂地の荒野をはさんで、泥灰岩質の土――わが領地にはトラクターも種蒔き機もありません。馬、人夫、それに犂(すき)だけです。夏の終わりには納屋で昔ながらの舞踏の歌を聞けるでしょう。祖父の時代もそうでしたし、わたしの生きているかぎり、それはずっと変わりません」

そして卓から葉巻を取り、思いに沈んだ様子で灰を落とした。車について質問されたのはもう忘れているようだった。

「死んだわたしの妹は」男爵は続けた。「家のあらゆるところに電燈をそなえました。わたしは灯油ランプのもとで仕事するのが一番好きです――お笑いですか、先生。不思議に思われますか？　人間精神の真に偉大な業(わざ)は、灯油ランプのもとでなされました。ウェルギリウスのアエネイスも、ゲーテのファウストも、アーヘンのドームの設計図を農家の粗末な食卓で引いた名も知れぬ巨匠も、すべてランプが灯したのです。キリストさまもその柔らかく親しげな灯りをご存知でした。福音書の聡明な乙女たちも、救世主を出迎えたときに、灯油ランプを手にしていました――何について話していましたかな、そうそう――必要なときは、わたしの車をお使いください。運転はできますか。わたしのは八気筒のツーリングカー、キャデラックです――どうしました、先生。コニャックはいかがですか、それとも水のほうがよろしいですか。お顔の色がすぐれませんぞ、大丈夫ですか。お加減が悪いのですか。真っ青じゃありませんか！」

第八章

あえて言うならば、こう言うしかない。緩んだ緊張、とつぜん訪れた驚きと幸せの気持ち、面に出したくはなかったが、抑えきれなかった激しい興奮――それらが一体となって、わたしの意識を一種独特な仕方で引き裂いたのだと――。男爵の声は聞こえた。一語一語も聞きとれた。だが同時に、わたしはすでにそこにおらず、どこかの病院の寝台に横たわっているような気がしていた。濡れた温かいものを額と後頭部に感じ、手を触れようとしたが、急に腕が動かなくなり、看護婦の微かな足音が耳に入る。一連の冒険を終えたあとの場面を幻に見たように思ったのは、これが最初だった。その後もこうした予感には何度も見舞われたけれども、いつもきまって疲れていたときで、しかもたいていは夜、眠りこむ前のことだった。しかもこの午前中ほど鮮やかな幻はその後二度と見ていない。――どうしたことだ。わたしはどこにいる。つい今まで男爵と話していたではないか。ビビッシェが来る。一週間後にここにいる。――ここでわれに帰った。目を開けると男爵がわたしのうえに屈みこんでいた。コニャックのグラスを手に持っている。だがわたしは零（こぼ）してしまい、二杯目でようやく杯を干せた。何が起こったのだ。夢を見ていたのか。そうだ。白昼に夢を見ていた。ビビッシェが来る。これは夢じゃない、現実だ。――そして声に出して、過労がどうこうとか、たんなる失神です、たいしたことはないのですとか言い訳をした。――「大都会の神経病ですな」男爵の声が聞こえた。――「この地での生活はきっと健康にもいいでしょう」――「この地」という言葉でまたもビビッシェの顔が浮かび、感覚は奇妙なふうに飛躍した。彼女と再会するなんて大それた考えは、ほんの数分前までなかったのに、いまや一週間待つのが耐えがたく感じられてきた。

なんとか神経を鎮められるようになると、先ほどの醜態が少々恥ずかしくなった。――「空気が悪いですな」男爵が言った。――「オゾンを入れましょう。今日は午前中ずっと、煙突のように烟を吐いていましたから」――そして立ち上がり、窓を開けた。冷たい突風が部屋を吹き抜け、机上の書類をざわつかせた。この瞬間にフェデリコが入ってきたに違いない。わたしが目をやったときには、大太刀とスコットランドのクレイモア刀に挟まれて樫の羽目板の前にいた。沼地か森から来たらしく、ゲートルに松葉混じりの雪がついていた。獲物袋の口からのぞくのは渉禽類の何かの鳥の青くつややかな頭だ。わたしはまたも類似に驚かされた——けして錯覚などではない。とうの昔に亡くなった、時代の偉人だったはずの男の高貴な面影をこの少年は持っている。不動の姿勢で大太刀のそばに立つ少年を見ているうちに、奇妙な思いにとらわれた。「この武器のために、この少年は生まれてきた」——わたしは内心思った。「この武器は、この少年のために鍛えられた」

——だが少年が手にしているのは大太刀ならぬ散弾銃だった。わたしはそれを見て驚きに近い感じを受けた。

男爵のほっそりして険しい顔につかのま笑みが広がった。

「もう戻ったのかい。昼前は来ないと思ってたよ。森での仕事はどうだったね」

「伐採は川のすぐ傍まで進みました」少年は報告した。「明日から搬出をはじめます。新しい男を二人雇いました。鉄道労働者です」

「鉄道労働者はあまり気にいらんな」男爵が言った。「あいつらは役立たずだ。誰が雇ったんだ。プラクサティンかい」

そして返事を待たず、わたしのほうを向いて言った。

「これがフェデリコです」それだけで、あとは少年の素性も自分との関係も何も言わなかった。「この方がわたしたちの新しい先生だ。昨日いらしたばかりだ」

フェデリコは軽くお辞儀をした。すでに会っている素振りは毛ほども見せなかった。わたしは一歩少年のほうに進んだ。しかしそこで、アイリス色の目が驚いたような拒否的な一瞥をくれた。わたしは立ちどまり、上げかけた手をふたたび下ろした——われわれが敵であることを、少年はわたしに思い出させたのだ。

男爵はこの目つきにもわたしの動作にも気づかなかった。

「先生は狩猟はなさいますか。フェデリコなら猟区の兎はみんな知っています。小動物狩りはよいものです。獐鹿(のろじか)にもお目にかかれますよ。猟のことは何も知らないのですか。そいつはいけませんな。あなたの父君は、先生、みごとな鴨狩りの腕をお持ちでした。もしよろしければ、わたしが狩猟の手ほどきをいたしましょう。気が進まないですと。それはまったく残念。スポーツは何もおやりにならないのですか」

「いえ。フェンシングをやります」

「フェンシングですか。それは面白い。ドイツ式ですか、それともイタリア式でしょうか」

どちらにも同じくらい慣れているとわたしは言った。

男爵は顔をぱっと輝かせた。

「それなら、わたしたちは一等籤(くじ)を引いたも同然です。フェンシングの達人はめったにいませんから。ちょっとした試合(アッ)はいかがでしょう」

「今からですか」

「先生さえよろしければ」

「お受けしましょう。男爵が相手ですか」

「いえ、フェデリコとです。わたしのフェンシングの生徒でしてね。わたしから申すのもなんですが、なかなかの素質です。しかし先生はまだお疲れのようだ。さきほども失神されましたし――」

わたしはフェデリコに目をやった。緊張の面持ちでわたしの答えを待っている。わたしが眺めていることに気がつくと、彼は目をそらせた。

「一時的なものです。もう何ともありません。喜んでお相手しましょう」

「すばらしい！」男爵が叫んだ。「フェデリコ、先生を練習場にご案内しろ。これが剣ケースの鍵だ。わたしもあとから行く」

フェデリコは先に行き、何かイタリアのメロディーを口ずさんでいた。あまりに速足なので、ついていくのに苦労した。練習場でわたしたちは上着とチョッキを脱いだ。黙ったまま少年はわたしに面具と剣を渡した。男爵を待つ気はなさそうだ。大きく距離をとってわたしたちは向かいあった。礼をして、構えの姿勢をとった。

フェデリコは左上段の構えから迂回して突きを入れ、二重フェイントを行った。それから彼の剣は、まさに予期したとおりに、わたしの剣をくぐって反対側を打ってきた。このまったく教科書どおりの攻撃を受けるのは難しくなかった。実をいえば、この試合からそれほど楽しみは期待していなかった。ただ男爵を喜ばせたいがために申し出を受けたのだ。まったく気が乗らぬまま、だが油断はせず、相手の攻撃を機械的に躱（かわ）しながら、わたしはなおもビッシェのこと、彼女との再会のことを考えていた。

だがそのとき、試合は予期していなかった展開を見せた。

わたしが彼の剣を打って向きを逸らせると、フェデリコは一連のたいそう熟練したフェイントの突きで応えてきた。すぐに相手を見くびっていたことがわかった。だが相手の意図を見破れないうちに、彼は剣を回転させてわたしの攻撃を防禦すると、突き返しをよこした。わたしは半分しか受け止められなかった。剣がわたしの肩をかすった。

「当たった（トウシェ）！」とわたしは告げ、基本姿勢をとった。自分が腹立たしかった。なぜこのような不運に見舞われたのか説明がつかなかった。去年はトーナメントの賞を二つ取ったわたしが、年端もいかぬ、フェンシングをはじめたばかりの子供と向き合っている。「一本」とわたしは言い、そのとき気づいたのだが、シャツが左肩のところで裂け、肌に微かについた傷から血の滴が湧いていた。そのときはじめて、相手の剣先に先革（さきがわ）、つまり試合中の怪我を防ぐ革張りの小球が付いていないのに気づいた。彼がわたしに向けたのは、人を殺せる武器だった。

フェデリコは面具を脱いだ。

「君の剣は保護されていない。知ってたかい」わたしは聞いた。

「あなたのもそうです」そう答えが返ってきた。

一瞬フェデリコが何を言うつもりなのかわからなかった。わたしは彼を不審の目で見つめた——彼はわたしの視線を受けとめた。ようやくわたしにもわかった。

——君はまさか、わたしが学童と決闘すると思ってるんじゃなかろうね。——

だがその言葉をわたしは呑みこんだ——本当は言いかかった。しかしフェデリコの大きなアイリス色の目、銀色に反射してわたしを見つめる目がそれを口に出させなかった。そのあと起きたことは今もって説明しがたい。

もしかしたらトゥシェされた憤り、仕返しをしたいという願い、敗北の埋め合わせをしようとする気持ちからだったのかもしれない——違う。そればかりであるはずはない。わたしを捉えそれを強いたのは、異国風の顔に浮かぶ表情であり、その目つきだ。不意にわたしは感じた。今向き合っているのは子供じゃない、一人前の大人だ——わたしが侮辱し、意気地なしと嘲ったこの大人に、わたしは決闘をもって応えねばならない。

「どうしました。用意はいいですか」フェデリコの声が聞こえた。

わたしは考えごとから完全にわれに返った。挑戦に受けて立ち、彼と一戦交えたいという燃えるような欲望のほかは何も感じられなくなった。

「よし！」わたしは叫び、わたしたちの剣が交叉した。

今でも覚えているが、最初わたしにはひとつの作戦があった。なおもわたしは自分が相手より優れており、試合の流れを決められると確信していた。少年を傷つけたくなかったから、守りに専念にして相手の攻撃を挫き、機をうかがってその手から剣を叩き落とそうと思っていた。

そうはならなかった。

相手の最初の何突きかでわかったが、これまでフェデリコはわたしと遊んでいたのだった。今の彼は本気だ。わたしが相手をしているのは、卓越した技量の剣士であり、激した敵だった。大胆で激しく、にもかかわらず思慮も忘れず、フェデリコは攻撃してきた。こんな相手には会ったことがない。――いったい誰と戦っているのか――一歩また一歩と後退りながらわたしは自問した。――この恐ろしい敵は誰だ。この顔は誰のものだ。この不羈の血筋はどこから来た。――もはや防禦一筋というわけにはいかなかった。わたしの命がかかっている。わたしは攻撃したが、その突きはやすやすと躱された。相手に隙はまったくない。とうとう壁際まで追い詰められた。腕は疲れ、敗北は目前だった。次の瞬間、止めの突きが来るに違いない。必死の力を振り絞って、終わりを先延ばしにしようとした。わたしは恐かった――

「それまで！」声が響いた。

わたしたちは剣を掲げた。

「どうです先生、わたしの生徒に満足いただけましたか」男爵がたずねた。

わたしは笑ったように思う。ヒステリックな笑い、それがわたしの返答だった。

「わたしが試合を指導しましょう」男爵はそう続けた。「フェデリコ、一歩後ろに下がれ。よし、もう一歩。わたしの指示するとおり突け。当てられたものはそう言うように。用意――開始！」

矢つぎばやに男爵は指示を出し、矢つぎばやにフェデリコは突きを繰り出した。

「前進阻止（バレストラ）！　防禦！　結びを変えろ（カヴァツィオーネ）！　第四の構え（クアルタ・バッサ）！　よし、先生！　突き返せ（ラドッピオ）！　剣を叩け（バッチュタ）！　防禦！　躱して突け（コルポ・ダレスト）！　よくやった！　下の突き（パサタ・ソット）！　突き返し（リスポスタ）！　交差させろ（イントレシアタ）！　よし！　叩き落とせ（ディサルモ）！」

剣がわたしの手から飛んだ。フェデリコはそれを拾いあげ、わたしに手渡した。それから無言のまま握手の手を差し出した。

男爵はわたしを庭園の門のところまで案内した。そして別れ際に言った。

「どうです、十五歳にしてはなかなかやりますでしょう」

「十五歳ですって。でも子供には見えません。立派な大人じゃないですか」

男爵はわたしの手を離した。

「ええ、そのとおりです」そう答えた男爵の顔に翳がさした。「あの家系のものは、年齢より早く成熟するのです」

わたしは奇妙な心持ちのまま家路をたどった。自分が歩いておらず、村道を漂っている気がした――夢のなかではよくそうなる。微風(そよかぜ)に吹かれて、あてどなく流されている気分になる。自分の体重がなくなったように感じながらも、同時にわたしは感動していた。震撼していたといってもいい。ビビッシェがやがて来る、そしてわたしは決闘――生と死をかけた戦い――を済ませた。わたしの全存在は惑乱のなかにあった。普段にもまして、自分が生きているのを感じた。

あの日の午前、わたしはとても幸福だったと思う。

家に帰ると一人の老婦人が診察室で待っていた。隣に住む食料品屋の母親だった。そして咳が出て苦しい、呼吸ができない、喉がつかえていがらっぽい、と訴えた。

訳がわからず、わたしは彼女をぽかんと見つめた。

ここでは村医であったことをすっかり忘れていたのだった。

第九章

わたしは彼女に会った。ビビッシェに会った。それは一週間後の真昼どき、犬たちが村道でじゃれあい、店の前にいた食料品屋が「雪解けの陽気が来ますよ」と声をかけてきた。さらに歩き、角を曲がるとキャデラックがあった。緑の車が停めてあったのは、住み心地のよさそうな小さな家の前だった。鎧戸(よろいど)は青に塗られ、玄関扉の上方に張り出し部屋みたいなものが突き出ている。農園から来た労働者が二人して、大きく不恰好な帆布の包みを車から降ろし、屋内に運んでいた。ビビッシェはわきに立ちプラクサティン侯爵とお喋り中だ。わたしには目もくれない。茶色のシェパードが彼女の黒い海豹の毛皮に頭を擦(す)りつけ、その周りで雀たちが冬の日を浴びてさえずっていた。

「するとあいつを見つけたんですね」ロシア人が言った。「おまけに話もしたと。カリスト、あなたはなんという天使だ。あなたの声は復活祭の鐘のようにわが耳のなかで響く。奴はどんな様子でしたか。何の仕事をしてましたか。あいつの頭のなかは、いつも計画ではちきれそうなんだ。ポケットの百ルーブルを千にする――そんな奴なんです。でもなぜ俺の手紙に返事をくれないいんだ。古い友や過去の日々を恥じてでもいるのかな」

そこでビビッシェが話しだした。低くてビロードのように柔らかな声を聞くのは久しぶりだった。

「ずいぶんいろいろ聞くのね。あなたの手紙はあの人に届いてないわ。去年だけで三度も引越したから。しばらくは宿もなくて、街をうろうろしてたのよ。一か月前までは時計職人の助手だったわ」

「あいつには機械いじりの才があった。発明だってしてた。で、今は？　今はどこにいるんです」

「あなたのお友だちは今、日中は新聞売りをやって、晩にはレストランの〈ケルン亭〉の前で、お仕着せを来て、客が車に乗る手助けをしてるの」

「わたしの友だちですって。あいつがそう言ったんですか。俺たちは友だちなんかじゃなかった。たんなる顔見知りで、クラブでトランプをしただけだ。で、どれだけ稼いでるんです――何か聞いてませんか」

「八マルクくらい稼げる日もあったでしょうね」

「八マルク。奴は独身で、世話しなきゃならない家族もいない。五マルクもあればりっぱに生活できて、昼にシュナップスの一杯も奢れる。一日三マルク貯めると月九十マルク、一年じゃ――全然だめだ、貸した額の利子にさえならん――くそくらえだ。passez moi l'expression.（こんな言い方を許してください）俺から借りた金について何か言ってましたか」

「いいえ。とうに忘れたんじゃないかしら」

「忘れたですと、賭けの負債を、信用貸しを？　七万ルーブル、金ルーブルで、一週間以内に払う、と一筆入れさせたのに。それを忘れた――と言ったんですか。手紙を書いてやりましょう。思い出させてやる。いつかは手に入りますよ。あいつだってそのうちまた金持ちになるでしょうから――俺にはわかってます。ああいう男は死ぬまで新聞売りのままではいません。ああいう男は――おとなしくしないか！　伏せ！」

それはシェパードに向けてのものだった。犬がとつぜん飛びあがって雀に襲いかかったのだ。ビビッシェがかがみこんで毛を撫でると、犬は鼻面をその手におしつけた。

「申し訳ないがお暇させてください」侯爵が言った。「机に向かって手紙を書かにゃならんのです、いろんな通信です。重ねてお礼をいいます」

侯爵はふりかえり、車の後ろにわたしがいるのを見つけた。

「おや、先生じゃないか。食事は済んだのかい。紹介しよう、カリスト、この人はアムベルク先生といって――」

「よけいなことだわ。もう知りあいなの」ビビッシェが言った。「つまり、知らなかったのは――」

彼女はプラクサティンに目配せをした。だが侯爵はすでにハンドルを握り、車を車庫に入れていた。そこでふたたびわたしのほうを向いて言った。

「あなたがわたしをまだ覚えてくれているのか、もちろんわからないけれど」

「覚えているかですって。カリスト・ツァナリスさんでしょう。二番目の窓の右側であなたは研究をしていた。はじめて顔を見せたとき、あなたは矢車菊のような青い無地の服を着ていて、青と白のストライプのショールと――」

「そのとおり」彼女はわたしをさえぎって言った。

「でもその服を、あなたは二度と着なかった。十一月に一度、十一日間続けて欠勤したことがありました。病気だったんですか。それから独り言を言うとき、自分をビビッシェと呼んでましたね。細い小ぶりの煙草を、コルクの吸い口で――」

「本当に――そんなことまでなにもかも、まだ覚えていらっしゃるの。するとまるきり印象を残さなかったわけでもなさそうね。それにしては不思議なのだけれど、どうしてあなたはずっとわたしに構(かま)ってくださらなかったの。本当のところ、あなたの気をひこうと必死だったのよ。でもあなたはきっぱりと、わたしを無視し続けた。悲しいことに——とあやうく言うところだったわ」

わたしは彼女をまじまじと見た。なぜこんなことを言うのか。嘘に決まっていることを。

「認めなさいな。半年も同じ部屋で研究をしてながら、『こんにちは』と『さようなら』の他は何も言ってくれなかったじゃない。あなたって、なんだかお高くとまってたわ。お天気屋でもあったわね。たぶんきれいな女たちに、ちやほやされすぎたんでしょうよ。ちびのギリシャの女子学生なんて目じゃなかった」

わたしは思いかえしてみた——もしかすると、彼女が正しいのだろうか。わたしのほうがいけなかったのか。あまりにも引っ込み思案で、臆病で、恥ずかしがりやで、いくじなしで——ひょっとすると自尊心があまりに高かったのか——

「後悔してるの?」何でもなさそうに彼女は言った。「でもね、もう遅すぎるってわけでもないのよ。偶然がわたしたちをここでひきあわせてくれた。これからお友だちになれるかもしれないし——」

弱々しく微笑みながら、すこしためらったあと、彼女は手を差し出した。わたしはその手を握りしめ、そのまま放さなかった。言葉が口から出てこなかった。なんだか自分が、あらゆる自然法則に逆らった奇跡を目のあたりにしているような気がした。

「そう」彼女はおもむろに言った。「あのときの青い服は、メイドにあげてしまったの」

そしてとつぜん笑い出した。

「あの人の言うことを聞いてた？　あのプラクサティンの、七万ルーブルの話よ。意味がわかったかしら。わからないですって。なら説明してあげましょう」

ビビッシェは軽くわたしにもたれかかった。彼女の腕がわたしの腕に触れた。

「あのね、プラクサティン侯爵は革命で何も無くさなかったの。財産は全部、戦争のまえに賭けで失っていたから。毎晩勝負して、素寒貧になってたの。ある晩、あの人はクラブで、三人の若い人、大工場の経営者や地主の息子たちとポーカーをしたんですって。そのときはおとぎ話みたいな幸運にみまわれて、人生ではじめて運がついて、二十四万ルーブルも勝ったの。相手は大金持ちの息子ばかりだったから、『これは取りはぐれがないぞ』と借用書を受け取りながら思ってたのね。でも次の日、冬宮殿に嵐——つまり十月革命がやってきた。賭けの借りなんか誰が気にするもんですか。革命は三人の若者から、持っているものを全部奪っていったの。今じゃみんな亡命してて、毎日裸一貫で戦っている。なのにプラクサティンは毎月毎月、その三人に手紙を書いて、ひどく丁重な文面で借金のことに触れて、もう借用書を清算する状態になったかと問い合わせてるの。一人はユーゴスラヴィアの木樵で、二人目はロンドンで会話教師をしていて、三人目はベルリンで新聞を売ってるのに——でも本当は笑いごとじゃないのよ。ときどき侯爵が気の毒になるわ」

「なぜ気の毒になるんです」わたしは反論した。「幸せな男じゃありませんか。夢に生きているから、誰よりも安全な財産がある。夢のなかのものは、敵が取ろうにも取れませんからね。ただ目覚めだけが——でもあの人の夢を醒まさせようなんて惨(むご)いことが誰にできるでしょう」

「夢のなかのものは、敵が取ろうにも取れない」ビビッシェは小声で繰り返した。「あなたの言うことは、とてもすてきね」

すこしのあいだ二人とも黙った。寒くなってきた。太陽が灰色の雲の陰に隠れたのだ。村道のほうから濃い霧がゆっくりと、大きくてのろまな獣のようにやって来て、屋根や窓や扉や生垣のうえにうずくまり、それらを一呑みにした。

「遅くなったわ」とつぜん彼女は言った。「もう二時ね。着替えなくちゃ。ベルリンから着いたばかりなの。三時に男爵と約束しているの」

彼女は青く塗られた鎧戸を指した。

「あそこがわたしの仕事場。実験室よ。わたしはすぐに見つかるはず。あそこにいないときには領主館——男爵のところにいるから。それじゃまた」

彼女はわたしに手を振って姿を消した。

わたしは喜んでいいはずだった。幸せであるはずだった。だが今、ひとりきりになると、ふと思いついたことがわたしを苛(さいな)んだ。

最初は戯れに考えただけだった。その考えを弄(もてあそ)んだだけだった。

なにもかもが――わたしは心に思った――あまりにすばらしく、あまりに迅(すみ)やかに過ぎた。まるで夢みたいに――まるで夢みたいに、と繰り返してみた。そして考えこんだ。過ぎ去った現実と夢との違いは、なんとわずかなものだろう。もし本当に夢だったとしたら――わたしは足を止めた――まだ夢を見ているのではないか。村道の雪も、あの枝にとまる烏(からす)も、霧も、家並みも、冬空の色褪せた太陽も、なにもかもが夢ではないのか。すぐに目が覚めて、なにもかも消えてしまう。今――次の瞬間にでも目が覚めれば！――

自分で自分にしかけた笑うべき冗談だった。だがわたしは怖くなり、走り出した――今にも、今にも――頭のなかでそう叫ぶ声が聞こえた。もう家のなかだ。木の階段が足元で軋(きし)む。扉を開けると、嗅ぎなれた匂いがわたしを迎えた。けして部屋から消えないクロロフォルムの微臭はわたしを落ち着かせ、馬鹿げた考えを追い払った。

第十章

雪解けの陽気が来るとわたしに言った隣の食料品屋は、へぼ天気占い師だった。翌日になっても陽気などは来ず、霙（みぞれ）交じりの冷たい雨がもう何時間も続いている。わたしは骨まで凍えながら朝の十時ころ林務官の家への往診から戻った。

料理屋の前で橇を停め、体を温めようと酒場でコニャックを注文した。驚いたことに男爵がいた。主人（あるじ）を相手に、家畜の値が下がったとか、ビールの消費量が減ったとか喋っている。だがわたしに気づくと、すぐに近づいてきた。

「先生、ちょうどあなたのところに行くところでした。一時間前にも伺ったのですが、留守と言われたんです。林務官の家でしょう。あなたのかわいい患者の具合はどうですか。さあ帰りましょう、先生。ごいっしょします」

通りを横切りながらわたしは男爵に手短に報告した。小さなエルジーは順調に快復しています。熱と喉の腫れはおさまり、発疹も消えかかってますから。

「ほう、そんなに早く」男爵が言った。「猩紅熱はこの地方に、おおよそ一年ほども前、たいそう穏やかな形でやってきましてね。わたしはほんの一時もあの子のことは心配しませんでした。嘘ではありません」

それはとうからわかっていた。なにも新しい知らせではなかった。

待合室の長椅子に座っていた患者たちは、わたしたちが入ってくると立ち上がった。全部で三人いて、男が二人と女が一人。男爵は患者たちにちらと目をやって、わたしとともに診察室に入った。

「なかなか繁盛のようですね」椅子に座り、葉巻の火をつけて男爵はそう言った。

「まずまずです。今のところ来てくれるのは村の住民だけです。郊外の人は新しい医者が来たことをまだ知らないようですね」

「面白い病気はありますか」

「いえ、なにもありません。大部分ありふれたものばかりです。風邪、老化現象、佝僂病の子供。あなたの館の門番のおかみさんは具合がよくありません。心筋炎が進行しています。でもあなたもご存知でしょう」

「ええ、知ってます」フォン・マルヒン男爵はそう言って考えに沈んだ。

「ところで男爵、どこか悪いところがあるのですか」しばらくしてわたしは聞いた。

男爵は驚いたようにわたしを見つめた。

「わたしがですか。いいえ健康ですとも。病気にかかったことはありません。丈夫な体をしていますから」

ふたたび男爵は黙し、いたずらに煙草の烟を吐いた。

「丈夫な体をしていますから」やがて彼は繰り返した。「ところで先生、わたしはこの村のものなら誰でもかなりよく知っています。待合室にいた二人の男のうち、片方はガウゼといいませんでしたかな」

「ええ、確かそうでした」

「哀れな奴です。ときどき耕作や打穀に雇ってやってます。村の哲人といいますかな。来世や天の正義、原罪や処女懐胎のことをとことん考えつめて――すべて否定するのです。奴の説をもう聞きましたか。紀元三三年にプロレタリアートは組織されていなかった、ゆえにキリストは死なねばならなかったというのですよ」

「わたしにはそんな話はしませんね。ここへはリューマチの治療に来てるんです」

「リューマチですと？　ふうむ、リューマチに罹っているとは。それでどんな治療を」

「アスピリンを投与して、熱湯浴をすすめていますが」

「なるほど、それが利くのでしょうな」そう言うと男爵はまたもや黙し、考えこんだ。そして急に立ち上がると部屋を歩き回りだした。

「それほどの重症とは思いませんでした」わたしを見やりながら彼は言った。「実のところ、もっと簡単なものと考えていました」

「なにかわたしでお役にたつことはありますか、男爵」

男爵は立ちどまった。

「ええ、ありますとも、先生。お願いしたいことがあるんです。わたしを助けてくださるかどうかは、あなたの判断次第です。なに、たいしたことじゃありません。もちろん結果がどう転ぶかはわかりませんが――。まあ、最悪の場合でも、せいぜいあなたに断わられるまでのことです」

男爵は上着のポケットから細いガラス管を出し、わたしに見せてからコルクの蓋を開けた。水のように透明な液体が何滴か入っているようだった。男爵は鼻を近づけて匂いをかいだ。

「ひどい臭いがします」苦笑を浮かべ彼は言った。「つんと来る臭いが鼻を刺します。助手はまだ無臭にするのに成功していません」

彼はわたしにガラス管を渡した。

「これは何でしょう。わたしにどうしてほしいのですか」

「ガウゼ――あれがわたしに必要な男です。この液体をグラスの水か、お茶のカップに落としていただければ――」

「どうもわかりません。リューマチに利くのですか。民間療法か何かでしょうか」

「ええ、これは――いや。先生、あなたには嘘はつきたくない。これはリューマチとは関係ありません。これは実験なのです。科学の実験です」

「しかし医師としては、わたしの患者をあなたの実験台にするわけにはいきません」わたしは声をあげた。

「なぜですか。わたしたちは二人とも科学者じゃありませんか。科学者は助け合うものです。それに責任をもって断言できますが、この薬は生体組織にいかなる害も与えません。純粋に精神だけに作用をおよぼし、それも一時的なものです。これはあの男を短期間だけ、すこし幸福にするかもしれません――でもそれ以上のものではありません。なぜ協力していただけないのでしょう」

「麻薬ですか」わたしは聞いた。

「そのようなものです。もし実験が成功したなら、もっと詳しくお話ししましょう――何もかもお話ししますとも。なんならわたしがあの男にシュナップスを一杯勧(すす)めてもいいのです。でもあのひどい臭いと腐ったような味ですから――怪しまれざるをえません。でも、あなたが薬として処方するなら、不快な臭いがしても全然おかしくはない」

そう言うと男爵は入口に目を向けた。

「今の話が外から聞こえることはありませんね」

「大丈夫です。聞こえやしません。しかしわたしは本当に――」

「わたしが信用できるかお疑いなのですか」男爵はわたしの言葉をさえぎって言った。「たしかに、あなたはご自身をわたしの手に委ねることになります。しかしわたしもまた、あなたの手に自らを委ねてはいませんか。わたしは今、亡くなった友の息子に話すつもりで話しています。わたしは自分の理念のために研究をしていますが、それは亡友の理念でもありました。父君は協力してくれました――ええそうですとも、わたしは今、あなたにとってかけがえのない、あの立派な方の幻を呼び起こそうとしています。何が起ころうと、それはすべてあの方ゆえに、あの方の追憶ゆえに起こることなのです。お父上がまだ生きていらしたら、きっとあなたに言うでしょう。『やりなさい』と」

この言葉に暗示にかかったようになって、わたしの抗う力は完全に失われた。そこで小声で、胸を締めつけられるような心地で言った。

「やりましょう」

男爵はわたしの手を握って振った。

「ありがとうございます。おかげでほんとうに助かります。感謝します。まったく簡単なことです。この中身を全部――三、四滴くらいのものですが――お茶のカップに入れてください。それからもう一つお願いがあります。あの男に――薬を飲ませたあと――わたしが会いたがっていると伝えてください。明日の朝、十時ちょうどに待っている――そう言っていただけますか」

そして男爵は、すでにわたしが今の約束を悔いているのに気づかぬまま、部屋を出ていった。

良い医者となるためには、わたしには非常に多くのものが欠けている。だがただひとつ――良心だけは失っていないつもりだ。男爵が扉もろくに閉めずに帰っていったあと、わたしの心に躊躇、疑惑、呵責（かしゃく）がとめどなく拡がっていった。

――なぜあんな約束ができたんだろう。――わたしは自分にたずねた――男爵にしても、よくもあんな無理な要求ができたものだ。わたしは医師だ。性質も服用量も作用も皆目知らない薬を患者に与えていいわけがない。患者がわたしに置いている盲目の信頼につけこむことになる。男爵に丸めこまれて約束はしてしまったが、実行してはいけない――

だがそれから怯懦（きょうだ）と怠惰の声がささやきかけた。――約束を反故（ほご）にして、男爵を失望させて本当にいいのか？　この薬は生体組織をすこしも損なわないと男爵は言った。すべての責任を持つとも言った。そしてなにより——男爵だって学者で、研究者だ。だからわたしの理解も得られると思ったのも無理はない——

だめだ！　だめだ！　だめだ！　そんなことをやっちゃだめだ。わたしは優柔不断に止(とど)めをさすため、そして今後の誘惑を絶つため、すぐさま決意してガラス管を取りあげて砕き、中身を床に撒き散らした。

刺激臭が部屋にひろがった。気持ちが悪くなるほどだった。

——こんなことはしちゃいけなかった——わたしは自分に言った——そんな権利はなかった。薬は男爵に返して、こう言うべきだったのだ。お返しします、あなたとの約束は守れませんでした。捨てる権利はわたしにはなかった——どうしよう。男爵のもとにまかり出て、自分の行いを白状するべきか。だが意気地なしのわたしには、それもできなかった。

わたしは逃げ道を見出した。憐れむべき、軽蔑すべき、不誠実な逃げ道を。

グラス一杯の水にレモン半分を絞って入れ、それからヨードチンキを二滴垂らした。ひどい味がするが、胃がむかつくだけで害はなかろう——もしかしたらそれさえないかもしれない。そして男爵は？——男爵はただ、実験が失敗したとみなすだろう——何を悩むことがある——

そして男爵が言っていた男を呼び入れた。痩せて背が高く、うつむき加減に歩く男だった。

無精髭をはやし、疑り深そうな目をして、そして今日はすぐ気づいたのだが、まさに穿鑿(せんさく)家の顔をしていた。昨日は顔もろくに見ていなかった。

わたしはグラスを指さした。

「これは君のためのものだ。今すぐ飲みたまえ。変なもんじゃない。さあ、一息に。――よろしい。では夜は引き続きアスピリン、朝と晩に温浴――それから忘れないうちに言っておくが、男爵が君に話があるそうだ。明日の朝十時に行ってくれないか。遅れないように」

男は手に持った帽子を落とし、また拾い上げて椅子のうえに置いた。わたしの伝言を聞いて不安になったようだ。そして手を伸ばし無精髭をなでた。

「男爵のところへですか」男は痞(つか)えながら言った。「監督官じゃないんですか」

「いや、男爵が直々に君と話したがっているんだ」

男はひどくうろたえた。

「男爵ですって。男爵が何の話があるっていうんです。監督官になら、仕事のことでときどき呼びつけられますが、男爵とですって。ここに来て五年になりますが男爵には一度も――。すると隣の奴が男爵に――。ほんのすこしの木じゃないですか。誰だってやってることです」

わたしは彼をなだめた。

「いや、木のことじゃないよ。それは確かだ」

彼はますます取り乱した。

「そうですか。するとなにもわしが木を――。ははあ、それじゃあのことだな。わしが待合室に座っているのに気づくと、まさしくそんな目で男爵はわしを見ていた――。それにしても、どっから聞きこんだんでしょうね！　誓って言いますが先生、法廷でも誓えますが――あれは一回こっきりのことです。クリスマスの夜なのに、肉一切れさえ家になかった。そのとき女房が――」

男は最後まで言わなかった。やにわに椅子から帽子をつかむと、つんのめるようにして部屋を出ていった。


その晩、わたしはビビッシェの家に行った。

彼女は顕微鏡を覗いていた。机には夕食が手つかずのまま、坩堝（るつぼ）やフラスコや試験管に交ざって置かれていた。

「わたしのことを気にしてくれてありがとう」彼女は言った。「来てくれてうれしいわ。かわいそうなビビッシェ！　仕事！　仕事！　きょうは仕事で手が放せないの」

わたしの顔に失望が浮かぶのを見て、彼女は微笑んだ。しかしすぐ真面目な表情になった。「わたしって、一年でまるっきり変わったでしょう。もうあの頃のわたしじゃない。ええ――なんて説明したらいいのかしら。ある並外れて偉大な着想の容れ物になってしまったの。もちろん自分で考えたものじゃないけれど、わたしを縁(ふち)まで一杯にして、休む暇もくれない。それが血となって巡っているのを感じるし、何を考えててもそれが入りこんでくる。心を奪われてしまったの」

ふたたび彼女は微笑んだ。

「おおげさに聞こえるかもしれないわね。わたしはちっぽけな助手でしかないけど、この仕事の囚(とりこ)――あなたには理解できないかしら。そんな暗い顔をしないで。怒らないで。来てくれてとてもうれしいわ。明日――いっしょに散歩に行かない？　朝食の前に一時間くらい。八時に窓を叩いて。用意してるから。ぜったいに」

わたしは帰らずに、ビビッシェの家から数歩離れたところで立ちどまり、明かりの灯った窓をずっと眺めていた。

九時になると男爵がやって来た。男爵はわたしに気づかなかった。ビビッシェが自分で扉を開けた。そして窓の鎧戸が閉まった。

六時間のあいだ、わたしは雪と寒さのなかで立って待っていた。朝の三時になってようやく男爵は家から出てきた。

その夜はずっと眠れぬまま寝台に横たわっていた。

朝の八時に、彼女の部屋の窓を叩いた。中はしんとしている。そこでもう一度叩いてみた。

玄関の扉が開いて、十一歳くらいの小柄な少年がするりと出てきた。空のミルク缶を二つ片腕に抱えている。

少年はいぶかしげにわたしを見た。

「お嬢さんはお休み中です。起こしてはいけません」

そして念押しをするように唇に指をあてた。それから走りだし、すぐに姿を消した。

二つのミルク缶のからからいう音が、濃い霧の向こうからしばらくのあいだ聞こえた。

第十一章

今思えば、ガラス管を砕き中身を絨緞に散らせたあのとき、またとない機会、つまり事態の進行に決定的にかかわる機会を逃したのだった。そして漠然と感じるのだが、あのとき男爵の願いを叶えてやっていたら、なにもかもが違ったかもしれない。そうしなかったことによって、あとで起こったすべてのことから、自分を蚊帳の外に置いたのではないか。振りかえってみると、わたしは始めから終わりまで傍観者だった――見聞きしたあらゆることに激しく心を動かされはしたが、事態に身を入れてかかわることはなかった。そんなわたしが今この病室に寝ているのは運命の皮肉だ。説明のつかない、途方もない変転の犠牲になって――負傷して熱を出し、半ば麻痺して。

わたしに嘆く権利はない。なにしろ生き延びたのだから。でも他の人たちは、どんな運命に見舞われたのだろう。男爵は最後の瞬間に嵐から脱出できたろうか。フェデリコはどうなったのか。そして彼女——彼女はどこに逃れたのだろう。彼女が生きていること、無事であることを、わたしはすこしも疑っていなかった。

わたしに答えを与えてくれるものがひとりいる。プラクサティンがまたもや、綾織りの仕事着姿で箒を手にして、静かに病室に入ってきた。肩越しにわたしを盗み見ている。わたしは看護婦に声をかけてトランプの〈三十一（トランテアン）〉をやってみたいと言ってみた。だが奴は聞こえないふりをした。卑怯な男だ、まったくもって卑怯な男だ。ビビッシェの家で思いがけず会ったとき彼を憎んだように、あらためてこいつが憎くなった。

プラクサティンは会釈をして、わたしに座るよううながし、会話を主導した。これがいちばん気に障（さわ）った。こいつはビビッシェの家でわがもの顔にふるまっている。まるでわたしは彼女の客でなく、奴の客みたいだ。その場には司祭もいた。顔が骨ばった白髪の老人だ。「わかるかい」ビビッシェがわたしにお茶を手渡すとロシア人は言った。「俺のなかには労苦の日々を送る男がいる——そう言ってもかまうまい、本当のことだから。家（うち）の男爵は外国から客を迎える。頻繁（ひんぱん）に外国人が訪れる。これが何を意味するかわかるかい。ほんのわずかな暇もなくなるんだ。——『アルカジイ・フョードロヴィッチ』とわが恩人の男爵に呼ばれる。『昼食（ランチ）と晩餐（ディナー）の面倒をちょっとみてくれないか』俺は答える。『かしこまりました。面倒をみましょう。もちろん面倒をみますとも。魚のサラダも手ずからこしらえましょう。料理人を頼りにしてはいません』――で、どうなると思う。男爵の親爺は客人と引きこもって会議をはじめ、一日中顔を見せずに、仕事はみんな俺にまかせきり。そんな日には、わが祖父に同意を表せざるをえない。爺さんは始終言ってた、労働は人を獣に貶（おとし）めるって。――サー・レジナルドを駅に迎えに行ったときだって――」

「アルカジイ・フョードロヴィッチ！」ビビッシェが話をさえぎった。「知ってるでしょ、男爵が嫌うのは――」

「承知ですとも」ロシア人が言った。「あなたの額に皺がよると、カリスト、あなたが腹をたてると、青空から太陽が沈んだみたいな気持ちになる。わかってる、客人たちがお忍び旅行（インコグニト）を公にしてほしくないのはね。でもイギリスにはサー・レジナルドなんてきっと一ダースはいるさ」

　そしてあらためてわたしに目を向けた。

「俺を探るように見てるね、先生、研究者の目で。――あんたの見つめる目は、いささか気味がわるい。たぶんこう思っているんじゃないのかい。平らな額、とびでた頬骨、虚弱な奴、そんな見立てだろ。見栄っ張りで少々信用しかねるとか、自分のことばかり考えているとか。

もしかしたら、前はそんな人間だったのかもしれない。何の屈託もなく人生を楽しんでたころはね。今はどうなんだって？　人生は俺に辛く当たりすぎだ。小枝の笞でぴしぴしやりやがる。俺はすっかり変わった。今じゃほとんどいつも他人のことを考えて、自分はあと回しだ。たとえば今俺の気を滅入らせてるのは、なんともいえず滅入らせているのは、先生がむっつり座ってることなんだよ。お茶さえ召し上がらない。カリスト、お客さまのもてなしに、何かやってあげなくては。トランプ遊びの準備をしてくれませんか」

ビビッシェはわたしの手を撫でてささやいた。

「どうしたの。気を悪くしたの？」

プラクサティンはすでにトランプを引っぱりだしていた。

「司祭さま、ほんの気晴らしに〈三十一〉を一勝負いかがです。やらないなんて言わないでくださいよ。俺が親になりましょう」

「疲れてるの？　それとも怒ってるの？」小声でビビッシェがたずねた。

「申し訳ありませんが、トランプはやりません」司祭がきっぱりと言った。「以前はときどき晩に〈白鹿〉亭でスカートを農夫たちと、そしてときには男爵とピケもやりました。でも今は――」

「ピケなら俺もやりますよ」ロシア人が愛想よく言った。

「正直に申しまして――賭けに負けるわけにはいかない事情があるのです。どんなわずかな賭け金でもいけません。最後の一グロッシェンまで使い道が決まってますから」

司祭の言うことは事実だった。聞いた話によると、自分の収入で失業した弟の大家族を養っているのだそうだ。収入を増やすために司祭館のほぼすべての部屋をビビッシェに空け渡し、自分は屋根裏に引っこんでいる。ビビッシェが実験室として使っている部屋では、壁から十字架像と聖家族が、電子管やリトマス試験紙や綿の玉やゼラチンの入ったシャーレを見おろしている。

「負けたとしても、司祭さま、借用書を書くだけでいいんです」

「それではあなたに甘えすぎることになります」司祭は軽く笑って言った。「わたしが署名した借用書など、たんなる白紙の値打ちさえありません。やはりトランプは遠慮しておきましょう」

ロシア人はトランプをふたたびポケットに戻した。

「それでは司祭さま、せめてこのケーキだけでも召し上がってください。磨り潰したにわとこの実と木苺のジャム入りです。先生もぜひ一つ。俺の顔をつぶさないようにね。なにせこれは俺のCréation（創作物）、俺が自分でこさえたものだから。それにね、先生、今日はめでたい記念日なんだ」

「ええ、即興でささやかな祝宴を催しているのです」司祭が付け加えた。

「何かというと」ロシア人が続けた。「カリストが淋しいわれわれのところに来てから、今日でちょうど一年になる。カリスト――あなたにはじめて会ったとき、すぐさま俺は魂を捧げませんでしたか」

「ええ、すぐくれたわね」ビビッシェが言った。「まだガラス蓋をかぶせたきり、実験室に置いてあるはずよ。蒸発してなければの話だけど」

その言葉にはわたしを恥じいらせ、顔を赤くさせる何かがあった。わたしもビビッシェにはじめて会ったときに、「魂を捧げ」なかったろうか。最初の日からわたしの思いはことごとく、いつも彼女のまわりを巡っていた。それは彼女も知っている、そう告白したから。かつてはわたしにも自負と抑制があった。でも今はどうだ。ただ二言三言、それに視線ひとつだけで、ビビッシェはわたしの自尊心をやすやすと砕いてしまった。そして為すすべもないわたしを見て喜んだ。ときには好んで、彼女にとってわたしは何がしかの存在であると信じさせた。だがそう信じさせてもらえるのはいつもほんの一時で、次の瞬間には掏摸のように巧みにわたしから逃れる。それにしてもどうしてようやく、なにもかも見透かせるようになったのだろう。彼女の嘲りはプラクサティン侯爵よりわたしにふさわしい。

わたしは席を立った。悲嘆と憤懣が潮のように心に満ちてきた。

「すると内輪のお祝いというわけですね」わたしは言った。「ではこれ以上、お邪魔しないようにしましょう」

彼女は驚きと当惑の目でわたしを見た。

「帰るつもりなの。どうして。いてちょうだい。用事でもあるの。わたしがお願いしてもだめなの」

わたしは立ちどまらず、そのまま暇乞いをした。そしてビビッシェがそれ以上わたしをひきとめようとはしなかったという事実を、苦い満足とともに嚙みしめた。

家に帰るとソファに身を投げ出した。またもやすべてが変わってしまったように思えた。わたしの心は乱れ、どうしていいかわからず、ふがいなさで自分が嫌になってきた。ビビッシェが口にしたすべての言葉をもう一度思い返し、改めて苦痛を味わった。熱でもあるのか、頭が痛い。「わたしがお願いしてもだめなの」――そう言ってくれたのに、わたしはそれを蹴って帰った。彼女を傷つけ侮辱してしまった――「気を悪くしたの」――わたしの不機嫌にうんざりしたのだ。なんとか取り返しがつけばいいのだが。すぐに戻ろうか。花を持っていけばどうだろう――「ビビッシェ、わたしはただ、この薔薇を持ってきたかっただけだ。今日はあなたがここに来て一年になるから。ただそのために戻ってきた。単にそれだけだ」――だが薔薇など今どきどこにある。冬じゃないか。あそこの花瓶に造花があるが、汚くて埃まみれだ――なぜ男爵は温室をつくらないんだろう。実験室の代わりに温室があれば――だがその場合、ビビッシェはここにいない。にわとこの花、どこかでにわとこの花を見た。あの白い花を――どこでだっただろう。そうか、あれは磨り潰された実だ。奴の Création だった。あるいはわたしの魂でも――もしわたしが魂を贈ったら、彼女はガラスの蓋をかぶせて笑うだろう――

ノックの音がわたしを驚かせた。小柄な男の子が入ってきた。司祭館からミルク缶を運んでいった少年だ。そのまま部屋をきょろきょろ見回し、ソファに寝ているわたしに目をとめた。

「今晩は。これをお嬢さんから言付(ことづ)かってきました」少年はそう言って、折りたたんだ紙片をさしだした。

わたしは跳(は)ね起きて読んだ。

「あなたはわたしが気にくわないようだけど、どうしてなのかしら。かわいそうなビビッシェ！　あなたとお話ししなければなりません、それも今日のうちに。これから男爵の家に晩餐に行きます。庭園の門のところで十一時に待っています。きっと来てください。わたしはそれより早くは抜けられません」

「きっと来てください」の「きっと」は線で消され、その代わりに「どうか」と走り書きされていた。

激しい北風が通りを掃き、わたしの顔に霙を吹きつけた。わたしは凍えながら待っていた。十五分のあいだ待っていた。十一時の鐘が聞こえた。庭園のほうから音がした。雪を踏むしきしという音、それから扉が開いた——「そこにいるのは誰かね」と声がして、小型ランタンの光の円錐が、わたしの足元から顔へと滑っていった。

「先生じゃありませんか。こんな時分に夜歩きですか」フォン・マルヒン男爵の声だった。闇のなかから、男爵に付き添ったビビッシェ——不運に動顛したビビッシェが浮かびあがった。殴られるのを恐れている子供のような、途方にくれた顔でわたしを見ていた。——「男爵がついてくると言ってきかなかったの。どうしようもなかったの」その目はそう語っていた。

「来てください、先生。この子を家まで送りとどけるのです」男爵が言った。

わたしは少しも気を悪くしていなかった。幸福でさえあった。ビビッシェが間近にいて、二人のあいだは何もかも前のとおりだったから。彼女はわたしの気持ちをすぐ察したらしく、腕を絡ませてきた。そして小声で、しかしきっぱりと言った。

「あなたにはがまんできないときがあるわ」

男爵は司祭館への道を、例によってさかんにお喋りしながらたどっていった。

「先生、あなたには感謝せねばなりません。あなたのおかげで、わたしのささやかな実験が可能になったのですから」

わたしは居心地の悪さを感じた。男爵に感謝されているのに、わたしは約束を守っていない――それどころか、欺きさえしている。いま本当のことを話すべきかもしれない。だがわたしは、黙っているほうが賢明と思った。

「あの男は訪ねて来ましたか」

「ええ、聖書の言葉といっしょにね。ヨブ記、箴言、それからコリント人への手紙から引用してましたよ。そして森から木を盗んだこと、クリスマスの夜に獐鹿（のろじか）を撃ったことで自らを告発したのです」

「告訴するおつもりですか」

「どうしてそんなことを。わたしとて人間です。それに、あれが来て懺悔することは、おおよそわたしが予期していたことでもありました。確信が持てなかったのは、個人を対象にした試みがうまくいくかどうかでした。それがうまくいったのです」

わたしたちはすでに司祭館に着いていた。ビビッシェは戸にもたれ、眠気と戦っていた。

「疲れましたか」男爵が聞いた。

「ええとても。歩きながら寝てましたわ。強いワインには――」

彼女はすこしためらい、それから続けた。

「あなたの二人のお客さんのうち年下の方ほど慣れていませんもの」

男爵は微笑んだ。

「誰にわたしの家で会ったか、口に出してもかまいませんよ。二人の客人のうちひとりはイギリスの直轄植民地の元総督で、いまは私人として、イギリスの正統主義運動の先頭に立っています。もうひとりですか。いまここで、手を口にあてて欠伸(あくび)を嚙み殺しているお嬢さん――この人は、あなたには内緒にしていたようですが、英国王と晩餐をともにしたのです」

「英国王とですか」わたしは驚いて、ビビッシェを見た。

「ええ、リチャード十一世と」彼女は言った。「眠くて倒れそう。おやすみなさい」

「でも今の英国王はリチャード十一世ではないでしょう」わたしは声をあげた。

「リチャード十一世です、テューダー家の」男爵が断言した。「目下のところはサセックスの女子校で図画教師をしています。しかしイギリスの正統主義者にとっては、真正の王なのです」

第十二章

林務官の家から村に帰ろうとしたとき、松林のはずれでフォン・マルヒン男爵に出くわしたのは、偶然であるはずはない。それは午前も早いころで、男爵は狩りに出て、黒雷鳥を二羽と大鷹を一羽しとめていた。森を出る道からさほど離れてない場所で、わたしを待ち伏せていたに違いないと、そのときから感じてはいた。今になってみると男爵の内心も理解できる。研究の完成を目前にして、口外したい気持ちが高まってきたのだ。魂には均衡というものがある。自らに沈黙の刑を宣告すると、その均衡は危くなる。だから人に話さなければならなかったのだ。

まる一年のあいだ、男爵は共同研究者のビビッシェと秘密を分かちあった。いくぶんかのことは、もっと早い段階で、たぶん司祭にも打ち明けたのだろう。だが司祭は彼を失望させた。男爵は老人から無言の拒否を感じとり、それを覆(くつがえ)すことができなかった。そこで誰か他のものを探し、自分の着想と目論見から壮大な構築物が聳(そび)えるのを目のあたりにさせようと思ったのだ。亡友の息子であるわたしに男爵は初対面のときから信を置いていた。

わたしは森を抜け、雲ひとつない青空のもとに出た。松の小枝から針のような氷柱(つらら)が淡い陽光にきらめいていた。教会の赤い四角の塔はここからは見えなかったが、調子はずれの犬の鳴き声が村の方角から聞こえてきた。

男爵はわたしを目にすると、猟銃を手に湿地を横切って近づいてきた。

「先生、おはようございます。それより先に進んじゃいけません、すぐに膝まで雪に埋もれてしまいます。もっとましな道を案内しましょう。こちらです」

男爵は、昨日ここを発った客のことをまず口にした――わたしはちらりとその顔を見ただけだった――それから話は猟に移った。テリアの短毛種や狩猟旅行、獐鹿(のろじか)やスコットランド雷鳥のことがひとしきり話にのぼった。いつ話題が政治の領域に移ったのか、今ではよく覚えていない。

わたしは君主制の信奉者で正統主義の擁護者なのです、とフォン・マルヒン男爵は表明した。男爵の定義によれば、正統主義とはより高い意志との絆なのだという。そしてこう説明してくれた。――神の摂理は、民の総意よりも世襲制のもとでよりよく実現されうるのです。もっとも民の意志なんてものがあったとしての話ですがね。その存在をまず証明してもらいたいものですな。わたしに言わせれば、君主制の社会学的正当性の根拠として、現代や過去のいずれかの時代を引きあいに出す必要などありません。それは時代の制約を受けるものではありません。他に優る国家形態であるばかりでなく、ただ単に、唯一の正当な形態なのです。君主制の信奉は、わたしの信仰の一部になっています」

そういう見解があることは理解できた。ことに田舎貴族の主張となれば、ことさら驚くほどのことでもない。しかし男爵はそれから何気なく、わたしもとうから知っている当たり前のことを言うような口調で、こう続けた。

「もしドイツに、あるいはヨーロッパに未来があるとすれば、それは神の恩寵を受けた帝国、神聖ローマ帝国の再来と結びついたものでしかありえません」

「いまなんとおっしゃいました」あっけにとられてわたしは聞いた。「神聖ローマ帝国の復興を夢見ておられるのですか。あの帝国は何世紀にもわたって世界の嘲りの的だったじゃありませんか」

男爵は認めた。

「おっしゃる通りです。何世紀も、あるいは、よりよく表現するならば、ハプスブルク家の支配のもとでは始終、世界の嘲りを受けていました。帝国はハプスブルク家のもとで、その意義、その内実、その力を失ったのです。それはひとえに、神意が任命し歴史が聖別する王朝のもとでのみ復興しうるのです」

「するとあなたは信じているのですか、もしホーエンツォルレン家が――」

「ホーエンツォルレンですと」男爵はわたしをさえぎって言った。「なんという世迷いごとをおっしゃるのです。ブランデンブルクの辺境伯やプロイセン王なぞ、自らの所領のうちでさえよそ者にすぎません。ホーエンツォルレン家の皇帝なんぞ、ドイツ史のなかでは、一回きりの挿話にすぎない。ホーエンツォルレンがどうしたというのです。最後に皇帝の冠を戴いたもの（ドイツ皇帝ウィルヘルム二世。在位一八八八―一九一八）に、わたしは単に純粋に個人的な追慕の情を覚えるにすぎません」

　男爵は立ちどまり、遠くの森から聞こえる星烏（ほしがらす）の嗄（しゃが）れた鳴き声に耳を傾けた。そして、わたしにではなく、自分自身に語りかけるような調子で話を続けた。

「夢と歌に満ちた古（いにしえ）の帝国――あなたは忘れてしまったのですか、シュタウフェン家のもとで、帝国は世界の中心だったことを。シュタウフェン家の皇位は選帝侯たちのお情けで得られたものではありませんでした」

「その通りです」歩を進めながらわたしは言った。「しかしシュタウフェン家は絶えました。真の皇帝にふさわしいただひとつの家柄、アウグストゥスの時代から存続していたあの家系は消滅したではありませんか」

「シュタウフェンの家系は絶えてはいません」短い沈黙のあと、男爵は言った。「いまだ存続していて、天の摂理にしたがい、いつの日か宝冠と緋衣を戴くのです。たとえそれら聖なる表章が、いっときアメリカへ高値で売りつけられていたにしても」

わたしは男爵を見つめた。その表情はまたしても、前に見た熱意と狂信を帯びたものになっている。この男と争うのは危険かもしれない。しかしわたしは言った。

「お聞きしたいのですが、男爵、あなたのお考えはどこを彷徨っておられるのでしょう。テューダー家の子孫なら、イギリスのどこかにいるかもしれません。でもシュタウフェン家は、六百年以上も昔に、血と涙の海に沈んだではありませんか。――『天よ歓喜あれ』――教皇もそう宣告しています――『地よ凱歌をあげよ。バビロンの王の名と肉体、種と芽は根絶された』バビロンの王、すなわちフリードリヒ二世です。ハインリヒとコンスタンツェの息子で、皇帝の冠を戴いた、シュタウフェン家の末裔です」

「フリードリヒ二世」男爵が繰り返した。「世界の驚異、瞠目すべき世界の変革者と呼ばれるお方。あの方のためコンスタンツェは愛する修道院を去りました。〈燃えさかる炎、世界の光、輝ひとつない鏡〉を産むと、夢のお告げがあったからです。世界じゅうの領主はあのお方の前に頭を垂れました。お隠れになったときには、全世界で太陽が沈んだと――そう史家は記し、民はキュフホイザーの洞窟で皇帝はいまだに生きていると信じています。そして皇帝には五人の息子がいました」
「ええ、皇子は五人いました。イングランドのイザベラの息子ハインリヒは十五歳で亡くなりました。もうひとりのハインリヒはアラゴンの王女の息子で、自ら命を絶ちました」
「帝国を裏切ったハインリヒです」男爵が言った。「褐色の巻き毛をした少年。牢のなかで、朝に歌い晩に泣き、最後には牢獄の壁から海に身を投げました」
「三人目の子コンラートは」わたしは続けた。「ローマ王になって、二十六歳でペストに斃れたのでしたね」

男爵は頭を振った。

「毒殺されたのです。ペストにやられたのではありません。今わの際にコンラートは先の世を見ました――『帝国は萎れゆき』――そうコンラートは言ったのです――『やがて死の忘却に沈むだろう』――なんという予言だったことでしょう」

わたしたちは刈り入れが終わった畑を踏んで歩いていった。固く凍った茎がわたしたちの足の下でガラスのような音で軋った。何かの大きな鳥が、目の前でいきなり飛びあがった。そして翼をひろびろと羽ばたかせ、雪を戴いた森のかなたに消えていった。

「皇帝の四人目の子は」わたしは沈黙をやぶった。「マンフレートでした。ベネヴェントの戦いで命を落としました」

「歌にかまけて王国をかえりみなかったマンフレート」男爵が言った。「シュタウフェン家のものは、誰もが歌を嗜みました。何日もたったあとでようやく、戦場の夥しい死者のなかから亡骸が見つかりました。ブロンドの髪と雪のような白肌からそれとわかったのです。Biondo e bello e di gentile aspetto（金髪で美しく気高い顔）——そうダンテは歌っています。ダンテは煉獄篇でマンフレートを微笑ませ、身の傷を指し示させ、ベネヴェント橋のたもとに墓所を与えようとしなかった教皇の復讐心を嘆かせています。そのマンフレートには息子が二人あり、どちらも父と同じブロンドでした。そしてアンジューのシャルルの牢獄で、三十年も鎖に繋がれたあげく亡くなったのです」

「そしてエンツィオ」わたしは締めくくった。「あの皇帝がもっとも愛した末子はボローニャで捕囚となり亡くなりました。皇帝は身代金として〈町を囲むほどの銀の指輪の鎖〉を約束し、『運命の女神は気まぐれゆえ、いったん高みに昇ったものも、いずれ地に墜ちて潰る』と諫めました。それでもボローニャの民は皇子を釈放しなかったのです——『われわれは皇子を留めおき、放しはしない』民はそう答えました。『小犬とて、ときには猪に嚙みつくことがある』——ナポリの中央広場で処刑された甥のコンラディンより、エンツィオは二年だけ長生きしました。彼が最後のシュタウフェンでした」

「違います」男爵が言った。「エンツィオは、あの輝かしい家系の最後のものではありません。没落の境遇にあっても麗しく雅だった皇子には愛人がいました。ギベリン党の伯爵ニッコロ・ルフォの末娘とひそかに床をともにしたのです。謝肉祭の夜、看守が街で浮かれ騒いでいる隙を盗んで、二人は契りあいました。三日後に彼が亡くなると、彼女は市を去り、ベルガモで息子を産み落としました」

いつのまにか庭園の格子垣の前までわれわれは来ていた。藁で包まれた薔薇の木や釣瓶井戸、領主館のテラスと青いスレート屋根が見えた。どこから村に入ったのかわからなかったので、わたしは面食らった。

だがそこで足止めをくらった。堆肥を積んだ二台の牛車が、絡みあって動けなくなり、道を塞いでしまったのだ。車輪は軋り、牡牛は唸り、御者は呪いの言葉を吐いている。そうした喧騒のさなかでフォン・マルヒン男爵はなおも話を続けた。

「教皇もエンツィオの息子のことは知っていましたが――『慈悲とキリスト者の愛により、あの者のことはもう忘れよう』――そうクレメンス四世は申されたのでした。ベルガモでシユタウフェン家は幾世紀にもわたって、誰に知られることもなく、貧困のなかで生き永らえました――エンツィオ王が歌曲や譚詩を記した二帳の冊子とともに、出自の秘密は子から孫へと伝えられたのです。その冊子はわたしが十一年前にベルガモで探し出した男の家にありました。男は指物師として生計を立てていましたが、窮していたためわたしに息子を譲りました。その子をここまで連れてきたのです」

　二台の牛車の向こうにある赤らんだ砂岩の壁をフォン・マルヒン男爵は指さした。壁には野葡萄の葉のない蔓が上まで攀(のぼ)っていた。

「あの家が見えますか。あれがキュフホイザーです。秘められた皇帝があそこに住まい、ひたすら時を待っているのです。わたしは皇帝のために道を敷きます。そしていつか、世界に向けて言ってやりましょう。かつてマンフレートのサラセン人の臣下が、反乱を起こした町ヴィテルボに叫んだ言葉を。『門扉を開け！　心を開け！　見よ、お前らの主人、皇子のお越しだ！』」

　フォン・マルヒン男爵は口を閉じ、二台の牛車を見送った。牛車はようやく離れ離れになり、車輪を軋らせながら村道を下っていった。それから男爵はわたしから目を逸らせ、照れたような笑みを浮かべて、うって変わった口調で言った。

「向こうの園亭(あずまや)に行けばあなたも会えます。あそこで勉強しているはずですから。いつもはこの時間にフランス語のレッスンを受けているのです」

第十三章

あの日村道で男爵から驚くべき計画を打ち明けられたとき、何がわたしの心に起こったのだろう。わたしは今それをずっと考えている。男爵と別れたあとも、しばらくは聞いた話にすっかり呪縛されていたのではなかったか。男爵の言葉の奥には並外れて強い意志が感じられ、わたしの知らない何らかの現実の権力あるいは能力がその裏付けになっているのが朧ろに察せられた。男爵に夢想家めいたところは微塵もなく、逆に、危険を予感させるものがあった。男爵がもたらすものは、わたし自身とわたしがこれまで生きてきた世界を劫かしはしないのか。この不穏な感じはやがて疑惑と反感が頭をもたげだすと、ある程度は鎮まったが、しばらくのあいだわたしの頭は、混乱した、馬鹿げた、矛盾する映像や思考の遊戯場となっていた――わたしは自分が熱を出したことをはっきりと感じた。

この考えを追い払おうとわたしは決めた。気もそぞろにあわてて体温計をさがしながら

——暖炉に火があるのに、体は震えていた——とつぜん、モルヴェーデに着いた翌日にあの教師が言った言葉を思い出した。——「あなたは信じやすすぎる」確かそう言っていた——「もしこの村で真実を知りたければ、わたしの家に来てください」と——

もはや部屋にはいられなかった。あの男に会って話をしなければ。表に出て教師の住所を聞いてみた。小さな女の子が一軒の家を指さしてくれた。

階段を昇る途中で自転車用のマントに緑のフェルト帽姿の彼に出くわした。

「おやおや、先生じゃありませんか」学校教師は大げさに叫んだ。「どうぞこちらへ、遠慮なさらず。二日のあいだ、ずっとあなたを待っていました。いえ、わたしのことならおかまいなく。大丈夫ですとも。今日は日曜ですから、時間は好きなように使えます。ダゴベルト、お客さんだよ！——あなたがいらっしゃることは、とうからわかってましたよ」

そしてわたしの手を握り、アルコールと湿った苗木の匂いがする部屋に招じ入れた。卓上には様々な種類の藻や苔(こけ)や羊歯(しだ)に交ざって植物標本帳が広げたまま置いてあった。ソファの下から鍬形(くわがた)虫の形をした鋳鉄製の長靴伸ばしが見えた。戸棚のうえには、この地の食用茸と毒茸のアルコール漬け標本が二列に揃えて置いてある。石の皿からミルクを舐めているのは針鼠(はりねずみ)の子だ。

「これがダゴベルトです」学校教師が言った。「あなたの前任者が名残惜しくもここから去って以来、これがただひとりの友となりました。ちびで刺々しい相棒です、どうぞお見知りおきを。このダゴベルトとわたしは似たもの同士と思いませんか」

　安楽椅子に載っていた移植ごてやピンセットや新聞紙に包んだソーセージの切れ端や衣装ブラシを片付け、彼はわたしに座るようすすめた。

「すると何か目新しいことがあったのですね。おそらく、わが村が訪問の栄に浴したやんごとなきお客様がたを見て、何か思うことがあったのではないですか。どうやら図星のようですね。半ば公的な使命を帯びたフランス外務省（ケ・ドルセー）の代理人が交じっておりませんでしたか。ヤギェウォ朝の後裔がそのお方と会談し、ポーランド王座の権利を主張したのでしょう。あるいはそれはデブっちょの、清潔とはちといいかねるレヴァント人で、ビザンチン皇帝の直系子孫でしたか。そうですとも、先生、そうした方々はすべて実在します。どうしていちゃいけないことがありましょう。四か月前にも、あまり皇帝らしからぬ、むしろ東洋の両替商みたいな男が来てました。こんどは別人ですか。アレクシオス七世じゃありますまいね。さて、それがほんとうのアレクシオスだとしても、ビザンチンに王家は他にもたくさんあります。コムネノス家、アンゲロス家、――」

「どうか教えてもらえませんか。いったいどういうことなんです」話をさえぎってわたしは言った。

教師は沼地の植物をルーペでにらみ、小型ナイフと針で芽胞を露出させはじめた。

「わかります。あなたが少々混乱するのも無理はありません」作業から目を離さず彼は答えた。「しかしものごとの裏をすこしばかり眺めれば——たとえばこう考えてごらんなさい。ある人が若い頃、波瀾に富んだ生活を送っていたとします。もしかしたら——あえて〈もしかしたら〉と言いますが——その人には特殊な性癖があって、いろんな人たちと交わりを結んだのかもしれません。そういう人たちが入れかわり立ちかわりやってきて、沈黙の代償に金を要求したとしたらどうでしょう。多くの人は紳士らしい外見をしていて——密使とか、政治家とか、政府関係者とかに成りすましています。でもときには胡乱(うろん)な連中——本当は一緒にいるところを見られてはいけないような人もやってきます——そんなときには、実はあの人は皇帝とか王様の子孫なのだが、いまは逼迫しているという噂が流れるようにします——そして重要な審議や秘密の会議があるとかなんとか——するとなんだか曰(いわ)くありげに聞こえますし、どのみち偽紳士の手に落ちて、荷車いっぱいの金を取られたのだと率直に認めるよりずっとましというものでしょう」

「教えてください——いまおっしゃったことは、みんな本当なのですか」わたしは面食らってたずねた。

学校教師は眼鏡越しにわたしをみつめた。

「いいえ、信じやすい人たちのため、でっちあげたものにすぎません。だがあなたはそんな人じゃない。だからわたしの言うことも信じちゃいけません。男爵が毎年畑や森を切り売りせねばならないということもです。なにもかも冗談にすぎません。単なる悪ふざけ、馬鹿騒ぎなんです。来週たとえばゴート族の王アラリックの子孫という方が来ても――。ねえ先生、わたしのダゴベルトだって旧家の出なんですよ。こいつの先祖は第三紀からもうここに住んでたんですから。でも、だからといって、わたしを強請ったりはしません――せいぜいミルクをちょっとと友情をちょっと。そうだろう、ダゴベルト？」

　ダゴベルトがミルク皿を空にし、床に落ちているソーセージの皮の匂いを嗅ぐのを、教師はしばらくのあいだ眺めていた。それからまた話をはじめた。

「ええ――あのフェデリコについては、あなたにも何か思いあたることがあるかもしれません。あれにはまた別の話があるのです。あの子が男爵の非嫡出児ということは、あなたも、もう見抜かれているでしょう――この村じゃ誰もが知ってることです。しかし、誰が母親かについては、諸説あります。男爵の亡くなった妹の子という人もいます。わたしは断じてこの意見には与しません。でも男爵だってあの子には手を焼いているんですよ。奴は早熟ていて、あの小さな女の子、エルジーに惚れています。おわかりですか先生、なぜ男爵があの子を家から出さねばならなかったかを。兄妹で愛しあうなんて！　いったい誰に似たんですかね。男爵にも男爵なりの悩みがあるんです」

　いま聞いたことを咀嚼する暇を与えず、さらに彼は話を続けた。

「それからあの助手とやら！　誰が笑わずにおれましょう。研究なんて口実にすぎませんよ。ただ男爵があの女を司祭館に泊まらせているのは、なかなか興味を引くところです。抜け目ないじゃありませんか。あえて言わせていただければ、あまりに抜け目がなさすぎます。そもそも男爵は誰のためにあの女をベルリンから連れてきたんでしょう。男爵自身のためか、あの妙な友人、ロシア侯爵のためか、そもそもあのロシア人は何のためにいるのか、誰も知りません――あえて穿鑿はいたしますまい。もしかしたら二人は了解しあっているのかもしれません。互いに嫉(ねた)みも嫉まれもしない関係だってありますからね。あるいは男爵がだまされている可能性もあります。実際、司祭館で起きていることに、司祭は目をかたくなにつむっていますから」

　教師がそれから何を話したのか、わたしはもう忘れてしまった。そして記憶はここでぼやける。少なくとも冷静をよそおい、内心の思いを悟られないようにはしたと思う。ぶ厚い原稿の束をぱらぱらとめくったことは、かすかに思い出せる。だが何が書いてあったかは思い出せない。彼が自分の詩を読ませようとしたのかもしれない。苔や羊歯の挿絵が入った本も手にとった。それから教師とわたしは一緒に家を出て、長い道のりを連れ立って歩いたはずだ。というのも彼が街道でビロードの帽子を振ってあいさつし、それから、まるで急にわたしが恐くなったかのように、急ぎ足で村のほうへ遠ざかったのを覚えているからだ。

それからしばらく、わたしは戸外をぶらついていたに違いない。どういうわけだか小石を拾ったらしく、夜ポケットを探ったらあった。街道を従いてくる犬を追い払うためだったのだろうか。どこかで帽子を、そして養魚池の近くでマントを置き忘れてきた。次の日に宿屋の亭主が駅に向かう途中で、乳母車のなかの娘がそれらを見つけてくれた。

それからどんなふうに薄い上着だけの姿で村まで戻ったのかは、わたしの記憶からあとかたもなく消えている。はっきり思い出せるのは、実験室のなかにいる場面からだ。

隣の部屋から、開いた扉を通して、ビビッシェの声が聞こえてきた。

「もうすぐしたら入ってもいいわ。こっちを向いちゃだめ！　いま何時だと思ってるの、いったい何が起こったの。どうしてノックしなかったの」

第十四章

　ビビッシェはわたしに歩み寄った。唐絹（からぎぬ）の黄色いキモノを纏（まと）い、赤い絹の上履きを履き、どう、このキモノはお気に召して、とたずねるような笑みを浮かべて——その目はわたしを見つめ、笑みはなお何秒かのあいだ、美しい晴れやかな顔に解（ほど）かれず残っていたが、すぐそれは怪訝（けげん）の顔つきにとって変わった。

「どこから来たの。どうしてそんな目で見てるの。何か起こったの」

「なんでもない」自分の声が変なふうに響くのを感じながら、わたしは苦労して言葉を探した。「遠くに行っていた、散歩をしていた、どこか外に。聞きたいことがあるから来たんだ」

　彼女はわたしを探るような目で見た。

「それじゃお聞きなさいな。なんて格好をしてるの——座ったらどう」

　彼女はクッションを床に置き、その上にもう一つクッションを重ねると、しゃがみこんで膝を腕で抱えた。そして顔をわたしのほうにむけた。

「どうして座らないの。座ってお話しなさい。三十分くらいなら時間はあるわ」

「三十分くらい」わたしは繰り返した。「そのあと誰か来るのかい。男爵、それともあのロシアの侯爵か」

「男爵よ。それがどうかしたの」

「もちろんどうでもいいことだ。何もかももうどうでもよくなった、知ってしまったから――」

彼女はすこし頭をもたげた。

「何を知ったっていうの」

落ち着き払ったまなざしがわたしをあわてさせた。

「たんと知った」吐き出すようにわたしは言った。「これだけ知ればたくさんだ。あの人は午後来て、夜も来て、朝の三時まで帰らない――」

「その通りよ。事情通なのね。たしかに夜遅くまで起きてはいるけど、眠らないわけにはいかないわ。かわいそうなビビッシェ――それだけ？　つまり男爵に妬いているのね。癪だけど、わたしのことを少しは好きなのがわかってうれしい。口に出して言ってくれたことは一度もなかったじゃない。知り合ってもうずいぶんになるというのに――それにしては本当にひどいこともたくさんしてくれたわ。でも許してあげる。ビビッシェは心が広いから。つまりあなた、わたしを愛しているのね――」

「いまはもう愛していない」嘲りの口調に腹がたち、ついそう言ってしまった。

「ほんとに？　ぜんぜん？　残念だわ。あなたってなんて気まぐれなの」

「ビビッシェ！」やけになってわたしは叫んだ。「なぜそう意地悪をするんだ。からかっておもちゃにしているのか。最後に本当のことを言ってくれ、そうすれば帰る」

「本当のことですって」彼女の声はふたたび真面目になった。「わからないわ――いったい何を考えているの。嘘はつかなかったつもりよ――正直すぎたかもしれない。女が絶対にしちゃいけないことなのに」

わたしは飛びあがった。

「いつまでそんなことを言うつもりなんだ。もうがまんできない。何もかも口実だってことが、ばれてないとでも思ってるのか。研究とかあそこのものとか」――そう言ってわたしは実験室の開いた扉を指さした――「男爵は助手と称しているが、実は――」

「実は何なの。はっきり言ってごらんなさい。実は男爵の愛人、そうおっしゃりたいの」

「そうとも、でなけりゃプラクサティンの愛人だ」

彼女は頭をあげ、虚をつかれたのか驚きの目を見開いてわたしを見つめた。それからへなへなと力が抜けたようになった。

「プラクサティンの愛人ですって」彼女は小声で言った。「あらあら何てこと」

そして立ちあがると、クッションをソファの上に放り投げた。

「あの熊みたいなお馬鹿さんの愛人ですって？　それで研究も実験室も、〈聖母の大火〉も全部口実にすぎないって言うの？　――ひとつだけ教えてちょうだい。なぜそんなふうに考えたの――いいえ、言わないでちょうだい。答えは要らない。聞きたくないから。お願い、黙ってて。でもひとつ知りたいんだけど、どこからそんな勇気が湧いたの。よほど勇気がなきゃ、わたしにそんなこと言えないでしょ。そもそも何の権利があって――」

「どうか許してくれ」わたしは言った。「そこまで立ち入る権利はなかった。君の時間を無駄にして、非難して傷つける権利はなかった。やっとそれがよくわかった。よかったら謝罪を受け入れてもらえないか。そうすればすぐ出て行こう」

「ええ、わたしも、あなたはもう帰ったほうがいいと思う」

わたしはお辞儀をした。

「男爵には今日にでも辞職を願い出るつもりだ」

そしてわたしは扉に向かった。悲しみと絶望がわたしの喉を締めつけた。戸口から外に出ようとしたとき、ビビッシェが小さな声でささやいた。

「行かないで」

わたしは耳を貸さなかった。

彼女は地団太を踏んだ。

「行かないでって言ってるでしょ！」

彼女が呼びかけたとき、わたしは実験室にいた。そして立ちどまりはしたが、ほんの一瞬だけだった。そのまま振り返らず、歩き続けた――だがビビッシェはすでにわたしのそばに来ていた。

「聞こえてるの。行っちゃだめ。あなたがいなければ、ここで生きてはいけない」

そう言って彼女はわたしの手首をつかんだ。

「ねえ聞いて。これまでどんなときだって――わたしが愛したのはただひとり。でもその人はそれを知らないし、知ろうともしない、そして今もわたしの言うことを信じない。ベルリンに行ったとき――最初に何をしたと思う？　研究所に行ってあなたのことをたずねたの。わたしをちゃんと見て！　嘘をついてるように見える？　本心を隠すなんてできるわけないわ」

そしてわたしの手を離した。

「あなたがここに来たとき、顔が真っ青だった。死んだ人みたいに――なにもかもすぐあなたに言えばよかった。これでもまだわたしが信じられないっていうの。すぐに信じさせてあげる。あなたの家に行きましょう——この意味がおわかり？　もしかしたら、時間を置いたほうがいいかもしれない、でもこれ以上あなたをそんな考えで悩ませたくない。二日後にあなたのところに行くわ——やっと信じてくれるの。夜の九時、村のみんなが寝静まっているころ。玄関の鍵を開けておいてさえくれれば、あとは何もしなくてもいいわ。それじゃお休みなさい——いえ、ちょっと待って」

そして両腕をわたしの首に巻きつけ、キスをした。わたしは彼女を抱きしめた。

何かが床に落ちて割れた音がした。自分がどこか深いところから上昇しているような気がした、それもみるみる速さを増して、最後には恐ろしい速度で、もはや立っておらず、横たわって手足を伸ばして——そのとき声が聞こえた。男の声だ。

「馬鹿にもほどがある！　どうしたらこれほど無様（ぶざま）になれるんだ」

わたしたちは体を離した。

「誰だ」驚いてわたしは声をあげた。「誰かほかにいるのか」

ビビッシェは笑い、とまどって言った。

「どうしたの。誰がいるっていうの。誰もいるわけないでしょ。わたしが人前でキスするような女だと思う？　あなたとわたしと。それで十分じゃない」

「でも声が聞こえた、かなり大きな声だ。誰かが話すのを聞いた」

「あなたが」彼女は言った。「言ったのよ――覚えてないの――『どうしたらこれほど無様になれるんだ』って――あなたが自分で言ったのよ――覚えてないなんて、神経がおかしくなっているの？　ほら、わたしたちが何をしでかしたか、見てごらんなさい」

彼女は床を指した。ガラスの破片が散らばっていた。

「たいしたことじゃないわ。あのシャーレには肉汁と寒天しか入っていないから。人工の培養基ね。でも気をつけてね、実験室でキスなんかしちゃいけないわ。もしあそこの培養グラスを落としでもしたら――何が起きるか知れたものじゃない。いいえ、そのままにしておいて。すぐ片付けるから」

「ビビッシェ、〈聖母の大火〉はどこにある」

驚いた目がわたしを見つめた。

「いったい〈聖母の大火〉の何を知っているの」

「何も。ただ君からその言葉を聞いて以来、ずっと頭にこびりついているんだ。君は自分の仕事と聖母マリアの大火について話しただろう」

彼女はとつぜんあわてだして、わたしを実験室から追い出しにかかった。

「そう？　そうだったかしら。でも言っていいかどうかわからないの。もう遅いわ。帰らなくちゃ。帽子はないの？　マントはどこ？　この寒いのに帽子もマントも身につけないなんて――なんて軽はずみなの。もう少し体に気をつけたほうがいいわよ」

その日、日の暮れかかるころ、わたしは診察室の窓辺に立って村道を見下ろしていた。雪が滴(したた)るように降っていた。薄い雪片が軽やかに音もなく落ちてくる。ものは輪郭を失い、あの世から来たような見慣れぬものになった。

烏の一群が七竈(ななかまど)の樹を巡りながら舞いあがった。そのすぐあと、狩猟用の橇がかなりの速さで街道を下ってきた。御者はフェデリコだった。通り過ぎるときに橇から半ば立ちあがり、わたしのほうを向いて会釈した。それでようやく彼だとわかった。

橇が去ったあと瞼(まぶた)に残ったのは、フェデリコの少年らしい顔つきではなく、オスナブリュックの骨董品屋で見て以来頭にこびりついているあのゴシック風の浮彫だった。そのときどういうわけか、長い間記憶を呼び起こそうとしていたこと――あの大理石の顔と忘我の笑みをどこで知ったか――それにとつぜん思いあたった。記憶はあまりに鮮やかに、あたかも眼前に見ているように浮かんできた。あの顔はパレルモの大聖堂にある壮麗な浮彫の一部を、拙く模倣したものだ。皇帝にして凱旋将軍の栄誉に輝いたホーエンシュタウフェン朝最後の皇帝を象ったものだ。

　例の学校教師が巧みにこしらえた嘘の織物は、このとき散り散りになって、屋根を滑る雪のように軽く静かに消えた。悪夢から解放されわたしは吐息をついた。あいつがビビッシェや男爵やフェデリコの出自について語ったことはすべて嘘だ。なにしろフェデリコは、そのあどけない顔に、祖先の面影——恐ろしくも高貴なフリードリヒ二世の面影を宿しているではないか。世界の驚異であり偉大な世界変革者だったあの皇帝の面影を。

　太陽が暗く鬱陶しい雲に沈み、菫と紅、硫黄と緑青の色に耀せた。まるで空に炎が放たれたようだった。こんな空の色は見たこともない。奇妙な考えがわたしをとらえた。この煌々とした火焔こそ、夕空を不意に燃えあがらせ焼き尽くすこのものこそ、ビビッシェの戯れる〈聖母の大火〉ではないのか。それは沈む太陽からではなく、地上から、彼女から、彼女がわたしにキスをした仄暗い小部屋から発したものではなかったろうか。

第十五章

男爵と司祭が意見を交わし、その論議にビビッシェが一言割りこんだのをきっかけに、わたしは男爵と長々と話しこむことになり、おかげで男爵が生涯の事業と呼ぶものの正体がはっきりとしたのだった。わたしたちは農家風に設えられた領主館の広間に座っていた。そのときの様子は今も鮮やかに浮かぶ。樫の長櫃、どっしりした卓の周りの色鮮やかな椅子、上り階段の脇に木彫りの受難像、壁に並んだ錫の皿。暖炉の前にある幅広の安楽長椅子は、ヴェストファーレン地方の農家でもめったに見かけなくなったものだ。司祭の前にはワイングラスがあり、他のわれわれはウィスキーを飲んでいた。ビビッシェは左手の甲で顔を支え、幾何学的な図形を紙に描いていた。螺旋、小さな円、薔薇模様。すこし離れたところに座ったプラクサティン侯爵はペイシェンスをやっていた。

会話がどうはじまったかは覚えていない。自分の考えに閉じこもって、碌すっぽ聞いていていなかったから。ビビッシェはときたま紙から目をあげたが、その視線はよそよそしくわたしを素通りした。昨日してくれた約束はまだ頭にあるのか、それとも一時の気まぐれだったのか。わたしは確かめたくなった。そこで向こう側に座るビビッシェに、明日九時には実験室にいますかと聞いてみた。彼女は目を伏せたまま、肩をいったん上げてまた下ろした。そのあと紙に、今度は円や螺旋でなく、数字の九を凝った書体で飾りをたくさんつけて描きだした。

「あなたは反論されますけれど」男爵が言っていた。「これは今の世だけじゃなく、どの時代にもあてはまることなのです。王冠、笏、ミトラ、林檎。こうした大いなる象徴は、信仰の灼熱のなかで創られ授けられました。人はそれらを信ずることを忘れてしまったのです。微温い空虚と化した時代に、信仰の灼熱をふたたび熾せるものは、王冠の栄光と、神の恩寵を受けた帝国の理念とを、いともたやすく人の心に呼び覚ませるでしょう」

「信仰とは恩寵を授かることです」司祭が言った。「信仰とは主がわれわれの内になした御業であり、労働への忍耐と奉仕への愛、そして祈禱によってのみ、生命を与えられるのです」

「いいえ」ビビッシェが夢から醒めたように言った。「化学でも」

部屋が静まり、物音ひとつ聞こえなくなった。わけがわからずビビッシェをうかがったが、その面(おもて)はふたたび紙のうえに伏せられ、わたしはやむなく司祭に目をむけた。司祭は表情こそ変えていないものの、その唇には憤懣と拒否と疲労とが見てとれた。

「あなたが言ったことは、どう理解すればいいんですか」わたしはビビッシェに聞いてみた。「どういう意味なのでしょう」

代わって男爵が答えた。

「どう理解すればいいのかですって。あなたも医学者ですからご存知でしょう。感情となってわれわれの内(うち)で動くもの——不安、憧憬、苦悩、至福、絶望——生のこうした発現はすべて、厳密に特定できる生体化学反応の結果なのです。この認識からわずかに一歩進むと、わが共同研究者が今短い言葉で表した発想になるのですよ」

ビビッシェを目で捜したが、どこにも見えず、卓上に紙が残っているだけだった。司祭とプラクサティンも姿を消していた。誰もがわたしの気づかぬうち席を外したのに、そのときはすこしも驚かなかった——今考えるとおかしい。なぜ皆が男爵とわたしを二人きりにしたのか、ちらりとも疑問に思わなかったのだから。

「わずかに一歩」フォン・マルヒン男爵は続けた。「しかしそう言いきれるまでにどれだけの研究が必要だったことでしょう。どれほど徹夜し、どれほど追試し、どれほどの疑念を払拭せねばならなかったでしょう。そもそものはじめはあなたのお父上の言葉だったのです。

――『われわれが宗教的熱狂あるいは信仰の恍惚（エクスタシー）と呼ぶものは』――と、お父様はこの部屋のこの席で言われました――『ほとんどの場合、麻薬で惹き起こされた興奮状態の、個人や集団における発現という一症状と考えられる。だがどういう麻薬がそうした作用を持つのか。それはまだ学問的に明らかにされていない』」

「信じられません、父がそんなことを言ったなんて」わたしは声をあげた。「父の遺したもののどこにも、そんな考えは、仄（ほの）めかしさえされていません。あなたが口にしたことは冒瀆というものです」

「冒瀆ですと。これは手厳しい」気にしたふうもなく男爵は言った。「真理の探求が問題となっているときに、冒瀆という言葉はふさわしいでしょうか。死の蔑視という高貴な感情は微量のヘロインで喚起できる。わたしがそう言うと冒瀆になるのですか。阿片で幸福への感受性を高めたり、芫菁（カンタリス）で快楽の恍惚境に達することはどうでしょう。中央アメリカの熱帯地方に産するある植物の葉を嚙むと、何時間か何日かのあいだ予言の才を授かるそうです――ご存知でしたか。信仰の歴史を何世紀も追いかければ――」

「こうおっしゃりたいのですか」わたしは話をさえぎった。「俗人イニゴ・デ・リカルドが聖イグナティウス・デ・ロヨラとなった霊的変化（へんげ）は、麻薬摂取の結果であると」

「それは置いておきましょう。そこまで言うつもりはありません。個人あるいは集団現象としての宗教的恍惚を引き起こせる麻薬が存在すること、それがわたしの出発点でした。学問上そのような麻薬は知られていません。それを確認したとき、わたしのなすべきことは定まったのです」

男爵は卓のうえに身をかがめ、半ば吸った葉巻の灰を、わたしの前にあった灰皿に落とした。

「冒瀆——とおっしゃいましたね。わたしは自らの研究が指し示す道を歩んだまでです。はじめのうちの困難はたいへんなものでした。一年のあいだ何の成果も得られぬまま、研究を続けたのです」

男爵は腰をあげた。わたしたちはあいかわらず広間にいたが、このあとすぐ戸外に出たにちがいない。というのも、ここからの男爵の言葉は、記憶のなかで異なった背景と結びついているからだ。わたしは男爵とともに自宅近くの村道に立っていた。凍え澄む外気のなかで男爵が新プラトン主義者ディオニシウスの一節を諳(そら)んじたとき、食料品屋の入口前で、いまだにはっきり覚えているが、灯油缶が二つとビール瓶の箱が荷降ろしされていた。水木(みずき)のステッキに鳥打帽の男が居酒屋から出てきて、通り過ぎざまにわたしたちに会釈した。それからわたしは、男爵の伴(とも)をして散歩したように思う。ひろびろとした敷地で畑番が二人、さかんに燻(くすぶ)る粗朶(そだ)を掻きたてていた。馬鈴薯(じゃがいも)を焼いていたのだ。穀物に寄生する菌の名の列挙は、わたしの記憶のなかで、炭化した木の脂（やに）臭い煙と、馬鈴薯の焼ける匂いに結びついている。

　それからわたしたちは領主館に戻り、古代の武具が壁を飾る男爵の書斎で腰をおろした。だが男爵は落ち着かない気持ちにでもなったのか、ふたたび部屋を出て、そもそもの議論がはじまったところ、すなわちあの広間で説明を締めくくった。広間には他の客——司祭とビビッシェとがいて、葡萄を食べていた。卓の隅ではプラクサティンがひとりでペイシェンスをやっていた——誰もがずっとそこにいたように見えた。日が暮れかかっているのを別にすれば、何もかも先ほどと同じだった。ビビッシェが立ちあがってランプに火を灯した。

第十六章

「そう、一年のあいだ先に進めなかったのです」男爵が言った。「道が誤っていましたから。ギリシャやローマの著作家の自然科学書を研究した歳月は無かったも同然です。アグリジェントのゼノビウスの『植物の書』、エレソスのテオプラストスの『植物誌』、ディオスコリデスの『マテリア・メディカ』、クラウディウス・ピソの『薬物の書』といった書物のなかにわたしが見出した、というより、見出したと思いこんだ、わずかばかりの示唆は、結局のところ、惑わしでなければ周知のことを教えてくれたにすぎません。そのような箇所の一節を誤って解釈したおかげで、ヒヨスすなわちHyoscyamus nigerが、そして後には白踊子草が、わたしの想定した性質を持つ植物と長いあいだ信じていました。しかしそれは誤りだったのです。ヒヨスの毒は純粋に運動神経だけを興奮状態に導くものですし、白踊子草の汁は、場合によっては皮膚に軽い炎症を起こしますが、それ以上のものではありませんでした」

男爵はここでウィスキーの壜とグラスに手を伸ばした。だが己の考えに気をとられ手が留守になり、ウィスキーは卓や床に注がれた。それにも気づかぬように男爵は空のウィスキーグラスを手に話し続けた。

「次いで自然科学の古典から宗教哲学に移ると、わたしの理論の正しさを裏付ける最初の引用文が見つかりました。カエサルやアウグストゥスの同時代人だったディオドルス・シクルスが著作のなかである植物に触れています。それは、賞味した人を、『卑俗な存在から神々へ高める』というのです。ディオドルス・シクルスはそれ以上詳しくその植物について記していませんし、植物名も挙げていません。にもかかわらず、この箇所はこのうえなく貴重なものでした。ここでようやく、誤解の余地なく明瞭に、植物毒の摂取に帰せられる宗教的恍惚状態に出くわしたのですから。わたしの理論はここで、たんなる当て推量を超えた性格を持つにいたりました。この著作家が遺したものは、その誠実さゆえに、後の帝政時代の歴史家たちに信頼しうる史料として利用されています。そのような著作家の証言がわたしの理論の支えとなってくれたのです」

男爵はここで立ちどまり、除雪車を操縦して街道を行く二人の労働者のあいさつに応じた。そのうち一人は牛の病気のことで男爵とすこし話をした——「どうしようもない。クローバーの飼料に口さえつけないなら熱病だ」と男爵は男の後ろ姿に呼びかけた。そして除雪車が行ってしまうと、話の続きに戻った。

「ディオニシウス・アレオパギタの、たとえようもなく含蓄のある主張に行き当たったのはその何か月か後のことでした。このディオニシウスは四世紀のキリスト教新プラトン主義者のひとりですが、その著作で語るところによれば、眼前に神を見ることを冀う信徒に、まず二日間の断食を課し、そののち『聖なる粉を焼いたパン』を供したというのです。──『なんとなればこのパンは、神との合一にわれらを導き、無窮なるものを把握せしめるゆえ』──お疲れですか、先生。どうぞ遠慮なさらず。この箇所に出会ったとき、それまでの日々の労苦がすべて報われた気がしたものです。〈聖なる粉〉から作るパン。そう聞いてわたしは、聖書の一節に思いあたりました。以前はさして深くも考えなかったために、真の意味に触れえなかった一節です。『神、穀を地より呼ばわれり』──列王記にはそうあります──『民に食せしめ、もって神を識らしめんと』──そしてパールシー教の聖典にもやはり〈清めの穂〉が言及され、また古代ローマのある神秘劇は白または淡青色の穂に触れていて、その粉によって、『善き女神は人を見者となし給う』というのです──この白い穂のなる、穀物に類似した植物は、今では姿を消していますが、もしかしたら他の栽培植物に駆逐された農作種だったのかもしれません──今では忘れられた、白い穂を実らせる穀物種とは、どんなものだったのでしょう」

ここで男爵は一呼吸置き、おもむろにまた話を続けた。
「この問題の立て方は誤っていました。ふと迷い込んだこの考えを掘り下げていたら、とんでもないところに連れていかれたはずでしたが――たまたま運よく古代ローマの神官の詩が入手できたのです。当時はまだ血腥い戦の神ではなく、農夫たちの平和の守護神だったマーマルあるいはマウォールを召喚する厳かな詩でした。『マーマルよ』――とそれは歌っています――『汝の白き霜を種子に降らしめよ。もって汝の力を識らしめんがために』。古代ローマの神官は、あらゆる僧侶と同じく、人を『見者となし』、『神の力を識らしめ』る恍惚状態へ導く麻薬の秘密を知っていました。白き霜――それは穀物ではなく疫病でした。穀物に感染して宿主から養分を得る寄生菌なのです」

ここで男爵のまなざしは耕地や野原をさまよった。地は静かに雪の重みに耐えている。小さな野鼠がわたしたちを掠め、見えるか見えないくらいの薄い痕跡を雪に残して去っていった。

「寄生菌にはたくさんの種類があります」フォン・マルヒン男爵は続けた。「粘菌、子嚢菌、糸状菌。バーギンの『菌類概観』は百以上の種を数えあげていますが、にもかかわらずその書はもう時代遅れとみられています。そしてその百種の菌のうちから、わたしは、食物とともに人の体内組織に達すると恍惚状態を引きおこす、ただ一種の菌を特定したのです」

ここで男爵はかがみこみ、焚火のそばに転がっていた馬鈴薯を雪のうえから拾いあげた。そして少しのあいだしげしげと見ていたが、やがてそれを、貴重な宝でもあるように、正確にもとあった場所に戻した。二人の森番が好奇心にかられて寄ってきて男爵を不思議そうに見た。ひとりが粗朶を火のなかに放(ほう)った。

「そうです――百種のうちのひとつの菌をです」男爵が言った。「その菌が穀物を脱色するという以外の、より詳しい病症は、何一つわかりませんでした。まったく頼りにならない手がかりに思えるかもしれません。しかしひとつの観察とひとつの素朴な着想が、わたしを助けにやってきました。過去何世紀かにわたってしばしば記録されている穀物病がありました――今はなくなってしまいましたが。それは出現した地域によって、それぞれ違う名で知られていました。スペインでは〈マグダレーナの苔(こけ)〉、エルザスでは〈哀れな魂の露〉、クレモナのアダムの『医師の書』では〈慈悲(ミゼリコルディア)の穀〉、アルプスでは〈聖ペテロの雪〉として。ザンクト・ガレンの周辺では〈托鉢僧〉、ボヘミア北部では〈聖ヨハネの壊疽(えそ)〉、そしてとりわけ頻繁(ひんぱん)に発生したここヴェストファーレンでは、農民たちに〈聖母の大火〉と呼ばれていたのです」

「〈聖母の大火〉」わたしは繰り返した。「するとそれは、穀物病だったのですか」

「ええ、多くの名のうちのひとつです。ここヴェストファーレンではそう呼ばれていました。

しかしいいですか、今わたしが並べたてた名にはすべて、ある共通点があります。すなわち、宗教的な連想をともなっているのです。農民は学者よりずっとこの寄生菌の作用について知ってます。失われた古代の記憶が、農民たちのあいだで今も息づいているのです」

霧が濃くなりはじめ、林や灌木は乳白色の霧のなかに没した。ゆるやかに降るぼた雪が屋根から落ちる雪の粉と混ざり合った。

「この寄生菌を聖ペテロの雪と呼ぶことにしましょう」男爵が言った。「この菌は植物の内部に寄生しますが、宿主の細胞の生命活動を完全に絶やすことはないのです。感染しても植物の外面は目立つほどには変化しません。この疫病が同じ地域に二年あるいは三年以上流行(はや)ることはまれです。いったん消滅したあと、長い年月を経てまた現れるのです。疫病が移動するときは、たいてい一定方向をとります。あちこちに拡散することはめったにありません。わたしがはじめて聖ペテロの雪への言及を見出したのは、ペルージア年代記の一〇九三年の箇所でした。疫病はその年にペルージアからシエナまでの全領域の穀物を襲いました。年代記がさらに報告するところによれば、同じ年に、ペルージア近郊で十七人の農夫や手工業者が預言者の名乗りをあげたそうです。キリストが天使の姿で彼らに顕れ、深く悔い改めよと世界に告げるようにと命じたのです。説教は大勢の聴衆を集め、四人が斬首刑にあいました。——翌年に聖ペテロの雪はヴェローナの近郊に発生しました。北へ向かったわけです。何週間もたたぬうちにヴェローナに五千人の人々が集まりました。貴族も市民も、男も女も子供もいっしょでした。――当時の記録が語るところによると、見るからに恐ろしいその集団は、改悛詩篇を歌いながら、ロンバルディアを町から町、教会から教会へと練り歩き、素行に疑いのある聖職者をいたるところで襲撃し、虐待したり殺害したりしました。それが一〇九四年のことです。わたしの計算では、その翌年に、聖ペテロの雪はドイツに達してもよかったはずでした。しかしそうはならなかったのです。どうやら菌はアルプスを直進して踏破できなかったようです。そこで西と東とに向きを変えて、翌年にフランスとハンガリーに出現しました。そしてどちらの国でも、あの奇跡とみまごう途方もない魂の高揚をもたらしたのです。すなわちそれは第一回十字軍という偉業、聖地の解放となって現れたのでした」

男爵が自説をくりひろげる余裕綽々とした態度は、わたしを全身で反発させた。

「あなたの組み立てられた説は、いささか大胆な気がしませんか」

男爵は微笑した。

「いいですか先生、このわたしのものほど広範囲な根拠のある見解は、容易なことでは覆せませんよ。わたしは寄生菌のたどった道筋――何百年にもわたるその遍歴を逐一追跡しました。そして突きとめたのですが、中世や近世におけるあらゆる大宗教運動――鞭打苦行派、集団舞踏の流行、マールブルクの僧コンラートによる異端迫害、クリュニー教団の教会改革、小児十字軍、上ラインのいわゆる〈秘密の歌〉、プロヴァンスのアルビ派殲滅、ピエモンテのヴァルド派殲滅、聖アンナ崇拝派の発生、フス戦争、再洗礼派運動――こうした宗教闘争や忘我的衝動が発生する源となった地域には、例外なくその直前に聖ペテロの雪が出現しているのです。あなたは大胆とおっしゃいましたが――わたしは自分の説を確信しています。どんな細かい点にも論拠を持ち出せますとも」

男爵は机の引き出しをあけ、ふたたび閉めた。それから何か探すように部屋を見回した。見たところ、ウィスキー壜と葉巻箱がなくて困っているようだった。だがそれらは広間に置いてきたままだった。そのうち視線は炉棚に置かれた壺のうえに落ちた。

「ごらんなさい、先生――中国陶器です。あの国には宗教がありません。中国人には宗教の観念がなく、一種の哲学があるだけなのです。中国では何世紀にもわたって穀物は栽培されませんでした。稲を除いては」

男爵はウィスキー壜と葉巻箱を探すのをやめ、呼び鈴を鳴らして召使を呼んだ。

「ではなぜ」わたしは聞いた。独りでに言葉が、欲せずとも口から出てきた。「なぜ神への信仰は世界から消えてしまったのですか」

「神への信仰は消えてはいません」フォン・マルヒン男爵は言った。「ただ熱烈に神を信ずることはなくなりました。なぜなくなったのでしょう。この疑問にはわたしも直面しましたが、異なる問いかけが必要でした。わたしは問題をこう設定しました。寄生菌が毒性を失ったのか、それとも穀物に耐性ができたのか。この二つの要素のどちらかのために、聖ペテロの雪の発生と伝播は、百年余りものあいだ阻止されてきたのです。さて——わたしの実験室での試みが示すところによると——」

ノックの音がして召使が現れた。駅に迎えにきてくれたあの小柄でやや眇目（すがめ）の男だ。召使はそのまま扉を閉めず戸口に立っていた。

「どうした」男爵が叱りつけた。「呼び鈴が鳴っただと。鳴らしたおぼえはない。行ってよい、用はない。——どこまで話しましたっけ。そうそう、助手を使って研究をはじめたところです。その結果、寄生菌は毒性を失っていないことがわかりました。しかし穀物が——」

男爵はここで話をやめ、戸口を見た。

「さっき来たのだから、葉巻を持ってきてくれてもよかったんだが。困った、もう一本もない——穀物は今では寄生菌に対して、ほんの百年前と比べても段違いに強い抵抗力を身につけています。小麦類や穀類は、他のほとんどの栽培植物と同じように、もともとはヨーロッパよりも気候が温暖な地で生まれたものですから、ここでは異質な土壌に植わっているわけです。ですからその異質な土壌に適応し終えないうちは疫病に罹りやすいのです。この適応は何百年ものあいだ進行し、現代になってようやく完了しました。それに加えてもうひとつの事情があります。――どうしてあいつ、ウィスキーを持ってこないんだ。ウィスキーと葉巻を持ってこいと言いつけたのに。――ええ、二番目の事情があるのです。菌は植物が衰弱状態――お望みならこの状態は生理学的、解剖学的にもっと正確に規定できますが――にあってはじめて影響力を持ちます。しかし現代の栽培技術の進歩のおかげで、穀物のこうした衰弱状態は例外的現象になってしまったのです。そこで聖ペテロの雪は他の種すなわち野生植物種のなかに撤退しました。そうした植物は菌にとって、よりよい生活条件を提供するからです。というわけでこれが先生、なぜ神への信仰は世界から消えてしまったのかというご質問への答えです」

この驚くべき説明が一段落するとフォン・マルヒン男爵は立ちあがり、暖炉に近づいて暖をとった。木が爆ぜ、火の粉が飛び散り、積み重ねた薪のあいだから黄色くしなやかな炎が男爵に摑みかからんばかりに勢いよく舌を出した。

「この問題すなわち疾病素質の問題は、わたしにとって決定的なものでした」男爵は続けた。「あらゆるものがそこに懸かっていたのです――わたしの目論見もわたしの期待も――そしてわたしの夜が実りある考えに費やされたのか、それとも妄想の餌食になったにすぎないのかも。わたしたち――わたしと助手――はまず、寄生菌を健康な植物に接種することを試みました。そして、小麦の苗に寄生菌を感染させて、人工的な発症が可能なことを実証しました。しかしこれは実験室内だけの成功にとどまり、それ以上の見込みはありませんでした。というのも接種とは、自然界に見られない暴力行為であって、暴力行為によってしか菌は植物に感染させられないからです。わたしたちはこの試みをすぐに放棄し、穀物の抵抗力を低下あるいは消滅させる方法を探りはじめました。そして去年、畑のわずかな部分に、病気を接種によらずして発生させました――湿って北風にさらされて、ろくに肥料もやっていない土地を選び、なかんずく、日光を制限することによって成功させたのです。聖ペテロの雪がふたたび小麦畑にあらわれたのは、百年ぶりだったのかもしれません。しかしそれは人工的に翳らせた、畑の小部分にとどまりました。日の光を浴びた植物には、ほんのわずかも感染しません。実験は成功しましたが、わたしは嬉しくありませんでした。あまりに多くの年月が、空しい努力のうちに過ぎ去ったのです。聖ペテロの雪は見つけたものの、目論見はすべて挫折しました。そして、わたしの魂が鬱々としていたとき――ここで三人の証人の前で告白しますが――助手が助けを差し伸べてくれたのです」

　ビビッシェが誇らしげに目を輝かせて、まずわたしを、それから男爵を見た。司祭は黙ったまま額に皺をよせた。

「おい、アルカジイ・フョードロヴィッチ」男爵がロシア人のほうを向いて言った。「夢見心地で呆けてて葉巻の追加注文を忘れたな。さっさと納入業者に葉書を出さんとためにならんぞ。残りはここにあるだけだ。これじゃせいぜい三日しかもたない」

　そして葉巻に火をつけて、話の続きに戻った。

「まさにそうでした。当時完全に手詰まりだったとき、この若い婦人が口をはさんでくれたのです。彼女もわたしには手こずったようでした。なにしろわたしは農夫ですから、頭は農夫の頭、考えるのは畑のことばかりです。しかしとうとう穀物畑や麦畑はなくてもよいことを、彼女は証だててくれました。寄生菌を人工的な培養基で育てれば――培養基の液体に、ある特定の添加剤を加えれば――短期間で増殖が可能なのです。蒸留処理によって菌とその胞から液状の麻薬を抽出するのにも成功しました。そして助手の分析の結果――どうでしたっけ、カリスト？」

「有効成分は何種類かのアルカロイドでした」ビビッシェが説明した。「その他には比較的少量の樹脂状物質と幾分かのサルチル酸、それに微量の油状物質が検出されました」

「ひどく簡単なようにも聞こえますが」男爵が言った。「何か月も作業したあげくの結果なのです。おかげでより広い範囲で実験が可能になりました――対象はもはや個人ではありません。群集心理には固有の法則があります。刺激への反応が個人とは異なってもっと激しく――」

　司祭が立ちあがり、青い格子縞の大きなハンカチで額をぬぐった。

「馬齢を重ねただけのただの老人に耳を貸してもらえぬことは、重々承知しています。しかしそれでも諫(いさ)めずにはおれません。お止めください。お願いですから、この村では行わないでください。わたしの農民たちをそっとしておいてください、ただでさえ惨めに暮らしているのですから。おわかりですか。わたしは不安なのです。あなたのことが。わたしのことが。わたしたち皆のことが。ヴェストファーレンのこの地には一触即発(カタストロフ)の気配が漂っていて、いっこうに消えようとしません」

フォン・マルヒン男爵は頭を振った。

「古くからの友よ、不安ですと。何が不安なのです。何を恐れているのです。わたしのやることは、あなたが一生を通じて行うことにすぎません――わたしは民を神のもとへと導き戻そうとしているのです」

「どこへ導くのか、あなたは本当にわかっているのですか」司祭が言った。「列王記のあの箇所を思い返してごらんなさい。『神、穀を地より呼ばわれり。民に食せしめ、もって神を識らしめんと』――その穀物を食べたとき何が起こりましたか。列王記にはどう記されていますか」

「『彼ら神を識り祭壇を作れり』――列王記にはそうありますが――『しかして囚人を贄(にえ)として捧げその数五千。アハブ自らの息子を贄となせり』」

「彼らは何を識ったのでしょう」なおも司祭は聞いた。「何のために祭壇を作ったのでしょう。人の贄を何に捧げたのでしょう」

「彼らの神にでしょう」

「その通りです。彼らの神にであって、わたしたちの神にではない」司祭は声をあげて言った。「彼らの神はモロクと呼ばれていました。アハブ王はモロクにわが子を捧げました。それをよく考えてみてもらえませんか」

男爵は肩をすくめた。

「そうかもしれません。きっとアハブはエホバではなくモロクに贄を捧げたのでしょう。しかしフェニキアの血腥（ちなまぐさ）い神は、もはや影のような記憶にしかすぎません。なぜいまさら呼び起こすのですか」

司祭はすでに戸口まで来ていたが、もう一度振り返り、そして言った。

「わたしではなく、あなたがモロクを呼び起こすのです。ただそうと知らぬだけなのです」

第十七章

六時の鐘が鳴ると、わたしは急に一人になりたくなった。そこで待合室にいた二人を追い払った。女には小児用の肝油を持たせてやり、神経痛持ちの男には鎮静剤を与えて、明日また来るようにと言った。この男はすこし耳が遠くて、わからせるのに手間がかかった。なんでも腕の攣(つ)るような痛みがいっかな治まらず――その男の言うには――内に深く籠るその痛みは、血が濃すぎるためらしい。男はとうとう上着を脱ぎ、シャツをずり下ろして、瀉血(しゃけつ)をしてくれと言い出した。わたしは男に聞こえるよう、今日はもう遅いから、明日早朝にまた来てくれないか、と耳元で叫んだ――この水薬を飲んだら今日はきっと眠れるからと。とうとう男もわかってくれ、服を着ると部屋を出て、ゆっくりと大儀そうに階段を降りていった。玄関扉が閉まるまでのあいだが、無限に長く感じられた。

いざ部屋でひとりきりになると、なぜ男を追い払ったのか不思議に思えてきた。わたしが待たねばならない時間は、じれったいまでにのろのろとしか進まないというのに。ささやかな準備はすでに終えた。食料品屋からラズベリーのボンボンを買ってある。店にあったプラリーヌよりはこちらのほうがまだしもと思ったからだ。それから林檎を何個かと板チョコレート、缶入りのビスケット、棗椰子（なつめやし）の実、リキュールの罎――これらよりましなものは店になかった。炉棚にある二つの花瓶は伐りたての樅（もみ）の枝で満たした。今わたしは使い古したディヴァンを光の当たらない隅に押しやり、二脚の籐椅子のクッションにオーデコロンをふりかけた。これでできることは皆やった。あとは待つしかない。

　新聞を取りあげ読みかけて、たちまちわかったのだが、世界中の事件のなかで興味を引くものは何もない。いかなる事件もわたしの思いがその周りを巡る中心点から気を逸らさせてくれなかった。南アフリカやアルゼンチンの選挙結果、極東の戦争危機、政治家たちの会談、パリの法廷事件、議会報告――すべてがどうでもよかった。ただ広告欄だけはやや気を入れて読んだ。たびたび思うのだが、新聞広告という日常の瑣末な声明は、なぜ神経の昂ぶりをこれほど鎮めてくれるのだろう。赤の他人の願望や欲求を知ることで、われわれ自身のそうしたものを忘れられるからだろうか。――とある生命保険会社が、テルトフとユターボークとタウホ・ベルツィヒ地区で上級外務員を募集している。田舎別荘の所有者は戦前の上等なペルシア絨緞を至急買いたがっている。機械や冬用品やファスナーや陶磁器の出張販売員も募集されているし、大柄で優雅な外見の婦人がファッションモデルの常勤職を求めている。こうした広告を繰り返し読むうち、わずかのあいだ不安から解き放たれた。広告はわたしをわたし自身の生活から外に連れ出し、他人の希望や関心を自分自身のもののように感じさせてくれたから。ふたたびわれに帰ったとき、わたしはまずまず満ち足りた気分になっていた。待たされる時間がなるべく速く過ぎてくれと願うほかに、望むことはなかった——気がつけばもう六時半だ。ビビッシェが来る時間に三十分だけ近づいた——そのときノックの音がした。おかみさんが夕食を運んできた。

わたしは気もそぞろに、そそくさと食事を終えた。十分後にはもう何を食べたか思い出せなかった。そして急に心配になった。食べ物の匂いが部屋に籠ってやしないだろうか。わたしは窓を開け、冷たい外気を室内に入れた。

外では霧が屋根のうえまで這いのぼり、料理屋の入口に掛けられたランタンの光がぼやけ、靄（もや）のなかを寄る辺なく漂っていた。街道を眺めているいちに、往診の予定があったことを思い出した。村外（はず）れに住む木樵（きこり）の女房が、五人目の子をもうすぐ産む。昼に激しい腰痛と歩行中のだるさを訴えていたので、様子を見に行こうと思っていたのだった。わたしは窓を閉め、薪を二本暖炉に投げ入れた。それから帽子とマントを身につけて外に出た。

訪問はせずともよかった。腰の痛みが退（ひ）いた他は、女房の症状に変わりはなく、陣痛がはじまるまでには、まだ何日かあるだろう。女房は厨房に立ち、夕餉の支度をしていた。乳搾りの桶から酸い匂いが立ちのぼり、皮つき馬鈴薯や豚餌の吹きこぼれる匂いと混じりあって鼻を撲った。わたしは少しのあいだ女房と、それからちょうど仕事から帰ってきた亭主と雑談をした。この村には少なくない貧民の一家だった。一頭しかいない牛が税の未納のために差し押さえられたという。薄暗く湿気た二部屋に、寝る場所は四人分しかないというのに、八人家族が住んでいた。割れた窓ガラスと扉の裂け目は空袋で塞がれていた。子供たちが次々と厨房にやってきて、馬鈴薯料理にもの欲しげな目を向けた。女房が言った——一番上の子に靴を買ってやらなきゃならないのに、家にお金がないのです。

わたしの叔母はいつも慈善を何か余計なことのように考えていた。「誰でも自分の世話は自分でしなければなりません。わたしだって誰の施しも受けてません」とよく言っていて、その精神でわたしを育てた。だがその晩、わたしは援助の必要を感じた。何か施しをして、心配を追い払ってやりたいと思った。そこで懐からこっそり二マルク硬貨を五枚取り出し、音がしないように竈の皿の上に置いた。わたしのなかに今晩の幸運を気遣う心があって、ただ嫉妬深い神々を手懐けたいがためであったかもしれない。わたしが家を出てすぐ彼らはお金を見つけたに違いない。亭主が道からわたしを呼ぶ声が背後から聞こえたから。十歩くらいしか離れていなかったが、霧が深すぎて彼はわたしを見つけられなかった。

家に帰るとわたしの部屋は親しみ深い、快適とさえいえるものとなって目に映った。林檎を二つ、炙(あぶ)るために暖炉の金網に置いた。そして灯りをすべて消したが、暖炉の炎が赤らんだ光を擦り切れた絨緞と二脚の籐椅子に投げかけていたため、真っ暗にはならなかった。

下の部屋で仕立屋が咳をした。気管支炎で床についている彼に、わたしは熱い牛乳と鉱泉水を処方していた。他には何の音も聞こえず、ただ金網のうえの林檎から微かな歌と呟きが漏れ、美味そうな香ばしい匂いが部屋に漂ってくるだけだった。わたしは座って火を見つめ、時計にはもう目をやらなかった。今が何時で、あとどれだけ待たねばならぬのかを知りたくなかったから。

不意にあることを思いついてわたしは不安になった。今お客が来たらどうしよう。追い払えないような客が来るかもしれない。話し相手になろうとあくまで居座る、たとえばあのプラクサティン侯爵みたいな客が——まったくありえないことでもない。奴は一度ここに来たことがあって、そのときは真夜中過ぎまで粘っていた。今奴が入ってきて炉辺のわたしの隣に腰を据えたら——どうすればいいのか。一瞬わたしを恐れされたその考えは、今度はわたしを楽しませはじめた。奴はもうここにいるのだが、部屋が暗すぎて見えないのだと想(おも)ってみた。あそこに座って脚を伸ばし、薄いブロンドの髪を後ろに撫でつけた頭をわずかに横に傾(かし)げ、その巨体で籐椅子が軋り、ワックスで艶がけした高長靴が暖炉の火に照り映えている。

「おい、アルカジイ・フョードロヴィッチ」――籐椅子の影にわたしは言った。――「今日はなんだかよそよそしいじゃないか。ここへ来て五分たったのに、暗い夜の木菟のように座ったまま押し黙ってるなんて」

「五分間だって」わたしは影に答えさせた。「俺はもうそんなに長くここにいて、あんたをじっと見てるって言うのかい。先生、あんたは堪え性がない。何か待ってるように見えるけど、時間が流れていかない」

　わたしは頷いた。

「そうさ、時間は二通りの靴を履いていて」影は話し続けた。「一足は跛行し一足は跳躍する。そして今、この部屋じゃ、跛行する靴を履いている。だから前に進もうとしない」

「その通りだよ、アルカジイ・フョードロヴィッチ」わたしは溜息をついた。「時間はあまりにのろのろと進む」

「そして先生、あんたは待つのに慣れてない。困ったもんだね。だがね、俺は待つことを学んだ。ここに来たとき、俺は考えた。はて、どれだけ赤軍はロシアに居座るもんかな。ほんの一年か二年、それより長くはあるまいよ。だから俺は待った。今になって、もう何年も過ぎてしまったあとで、期限の設定なんかできるもんじゃないとわかった。あんたは永遠に待ち、俺は希望なしに待つ。先生、あんたも希望なしに待っているのかい」

「いや」わたしは短く不機嫌に言った。

「そうか、女を待ってるんだな。なるほどね。もっと早く気づいてもよかった。雰囲気のある照明、テーブルの上に林檎、チョコレート、何かが入った缶、それに棗椰子の実まである。足りないのは薔薇の花だけだ」

そう言うと口に手をあてて咳をした。

「白薔薇を生けたデルフト焼きの花瓶が卓上になきゃな。見つからなかったのかい」

「おい、黙ってくれ、アルカジイ・フョードロヴィッチ」うんざりしてわたしは言った。

「お前の知ったこっちゃないだろう」

「ともかく薔薇がないのは事実だ。怒らないでくれ」籐椅子の底から、柔らかい歌うような抑揚の声が聞こえた。「そもそも薔薇って何のためにあるんだい。どこにでもある、変哲もない花にすぎないじゃないか。あの女を迎えるのに花なんかいらない。わかりきった話じゃないか。この荒れ野原、神に見捨てられたこの村で、女が来るのを待っているとはな！　ああ、幸せな奴のもとには、雄鶏さえ卵を産み落としてくれる。もちろん――ここにも女はいる。聖母さまみたいにきれいですらりとしていて、肌の白さは林檎の花みたいな女だ。話す声は地を吹く春風のようだ。先生はこんな女を待ってるんだろう」

「かもしれない」わたしは言った。

奴はふたたび咳の発作に身をふるわせた。そして椅子をすこし暖炉のほうに寄せた。

「それであんたは当てもなしに待っている。女は来ない。俺も待ったことはある。まる一年待っていた。だが女は来なかった」

「お前のもとに来なかったことは信じてもいい」そうわたしは言って笑った。驚いたことに、わたしの笑い声はたいそう嫌らしくて悪意があった。

「でもあんたのとこには来ると思ってるのかい」奴はそう切りかえした。「そのうちわかるさ。俺はここにいて、あんたといっしょに待ってる。どうか俺を確信させてくれ」

「ここにいたいだって」わたしは声をあげた。「なんてことを考える。どうか家に帰ってくれ。病気なんだろう。咳が出てるぞ」

「ふん、そんなことのために？　咳くらいで死にゃあしないさ。で、何時の約束なんだい」

「アルカジイ・フョードロヴィッチ！」わたしは厳しい口調で言った。「もうたくさんだ。お前は邪魔だ。帰ってくれ、それもすぐにだ。お前がすぐ行くだろうということを、わたしはちゃんと知っている」

奴は籐椅子から動かなかった。暖炉の炎がゆらめき、一瞬のあいだ、わたしは奴の顔を見たような気になった。

「へえ、あんたが知ってるって。まったくもってちゃんと知ってるって。もしかしてあんた、俺を威（おど）してるのかね。そんなことをしても何にもならんよ。樹を鞭で打って倒そうとするようなもんさ。どうやって先生、あんたは俺を威すのかね」

「威すつもりはない」わたしは言った。「アルカジイ・フョードロヴィッチ、お前は行く。それはただ、お前がジェントルマンだからだ」

「そうだな」しばらくしてロシア人は言った。「ジェントルマンなら、もちろん俺はすぐ行かにゃならん。だがな、先生、あんただって自分の心に天邪鬼（あまのじゃく）を感じることがあるだろ。その天邪鬼が今行くなと言ってるんだ。ざっくばらんに言ってやろう。俺は嫉妬してる。嫉妬で寝込まんばかりで、いわく言いがたく苦しんでる。俺は行くべきだが、残らざるをえない。誰があんたのとこに来るか知りたい」

「しっかりしろ、アルカジイ・フョードロヴィッチ」わたしは奴に説いた。「冗談もたいがいにしろ。お前も嫉妬なんて言うが、そもそも嫉妬する理由があるまい。おとなしく帰ってくれ。わたしが待っているのは、お前が思っている人じゃない」

「あんたが本当のことを言ってりゃな」奴は溜息をついた。「だが本当じゃない、あんたの目を見りゃわかる。聞いてくれ、こうしたらどうだ。俺たちは人間、文化人だ、こんな僻地に押し込められているが、文化人には変わりない。この一件の決着を争いなしにつけよう。ここにトランプが一組ある。大きな数字を引いたほうが残る。そうでないものは去り、二度と戻ってこない。これでいいか」

「それでは決闘だな。アメリカ流の決闘か」

「なんで決闘なんて言うんだ。負けたものはすぐピストルで頭を撃てなんて言ってない。ただ立ち去って、二度と来なけりゃいいんだ。決闘だって？　単なるゲームさ。賭け金だってちっぽけなもんだ」

「ちっぽけな賭け金というのか。よろしい、同意しよう。だが暗くなりすぎた。トランプが見えない。待ってくれ、灯りを持ってこよう」

「いや、灯りを点けないでくれ！」奴は叫んだ。「そんなことをして何になる。まったく余計なことだ。あんたも嫉妬してるんだ、俺とまったく同じにな。嫉妬は猫の目を持つ。だから俺たちは二人とも、闇のなかでもよく見える。カードを一枚引くぞ――ほら見ろ、スペードのジャックだ。さて今度はあんたの番だ」

「こちらは何も見えない。どうやら嫉妬はしてないらしい」わたしは笑った。「だがお前、お前はさぞかし灯りが嫌いだろう――スイッチを捻(ひね)るとお前は消える。お前との楽しい語らいを終えるのはつらいが、灯りを点けてやろう」

「点けられるもんなら点けてみろ」奴が叫んだ。「できっこないさ。停電、そう、停電だからな」

「ふざけるな」わたしは思わず言った。「もうたくさんだ」

わたしはスイッチを探った。だがスイッチがない。椅子を蹴倒し、額を本棚にぶつけた――「無理はよせ。停電と言ったろうが」ロシア人は笑い、笑い声はすぐ咳の発作になった。ようやくスイッチが見つかり、部屋が明るくなった。

わたしは痛む額に手をあてた。目が光に眩（くら）んだ。

「もう行ってしまったのかい、アルカジイ・フョードロヴィッチ」そう呼びかけて、部屋を見渡した。「なんてことだ。せっかく今晩誰が来るか話してやろうと思ってたのに。なぜいきなり慌（あわ）てだしたんだい。あいさつもなしに出て行くなんて――まったく驚かされるよ。礼儀作法がなってない――それじゃお休み。そんなにくよくよ――」

わたしの言葉はそこで途切れた。塔の鐘が鳴り出し、わたしは谺（こだま）する響きを身動きもせずに数えた。九時だった。

第十八章

九時の鐘が鳴った、だがビビッシェは来ない。わたしは窓を開け、身を乗り出した——外は静まりかえり、足音ひとつ聞こえない。雪の軋る音もせず、霧を透かして滑る影もなかった——なぜ来ないのだろう——わたしはおろおろと考えた——何か起きたのか。いったい何が起こったというのだ。そのとき気づいたが、レモン水がなかった。なにもかも用意したはずなのに、紅茶に入れるレモン水がない。食料品屋はもう閉まっている。遠くの料理屋まで行かねば——でもどうして。あの人は来ないのに——もしかしたら、来るには来たが表の扉が閉まっていたのかもしれない。おかみさんには言っておいたはずだが——ちゃんと開いているか、自分で確かめてみたほうがよかった。なぜそうしなかったのだろう。

窓を閉めるのも忘れて、わたしは階段を駆け降りた——大丈夫、扉に鍵はかかっていない。ゆっくりと階段を昇ると、冷たい夜風が吹きつけてきた。ふたたび街路に目をやってから、わたしは窓を閉めた。

コニャックをグラスに注ぐとき、手の震えているのに気がついた――落ち着け！　落ち着けったら！――そう自分に言い聞かせ、椅子に座って考えた。何が起こったのだろう。忘れたんだ。実験室に籠って、一日じゅう研究をしていて、時間を忘れたんだ。疲れて少し休もうとディヴァンに横になり、そのまま寝てしまったのかもしれない。そうでなければ――来る気がないのか。よく考えもせずしてしまった約束なんか――誰が守る？　何のために？　あの人にとってわたしは何なのか――いったい何なんだ――「あなたがいなければ、ここで生きてはいけない」あの人はそう言わなかったか。でも二日も前のことだ。二日あれば女はまるっきり変わる。

またグラスに注いだ――これで三杯目だ。今夜は一滴余さず飲んでやる、ビビッシェも全世界もどうでもよくなるまで――あの人を悪く思いすぎているのかもしれない。約束は忘れなかったが、土壇場（どたんば）で邪魔が入ったのかもしれない。男爵の使いが来たとか、ここに来る道で男爵に出くわしたとか――もう一杯コニャックだ。ビビッシェ、君の健康を祈って、たとえ来てくれなくても。だがなんてこった、それでも愛している、この気持ちは変わりようがない。明日君に会ったら――。あるいは病気なのか。ベッドで熱にうなされているのか。でもそれならそう知らせてくれてもいいじゃないか。一度ここに来たあの子を遣わせて――

「あなたはわたしが気にくわないようだけど、どうしてなのかしら。かわいそうなビビッシェ！」――あのときは紙切れにはそう書いてあった。今度はどう書いてきてくれるんだ――「もう待たなくてもいいわ。わたしがあなたのところに行くなんて、本気で信じてたの？」――いまにもあの子はここに来る――「今晩は、先生。これをお嬢さんから言付かってきました」もう一杯コニャック。よし、この調子だ。こうなったら一晩中――

ノックの音がした。

あの子だ。あの坊主が言伝を持ってきた。ビビッシェは病気だと。いや、病気じゃないけど来るつもりはない。でもやはり来たがっている、だが無理だ、男爵がいるから――「お入り！」わたしはかすれ声で言ってそっぽを向いた。入口のほうは見たくなかった。

「今晩は」ビビッシェの声がした。「あら、焼き林檎の匂いがするわ。すてきね、わたしの好物なの。どう？　そんなに待たせなかったでしょう」

わたしはビビッシェを見つめた、マントに雪靴の姿で開いた戸口に立つビビッシェを。時計に目をやると九時を三分過ぎたところだった。

彼女が差し出した手にわたしはキスをした。

「まったく――自分でも驚いてるの、わたしってなんて几帳面なんでしょうって。いつもはこんなじゃないの。こんなところに住んでたのね。あなたのお部屋ってどんな風なのか、いつも思ってたのよ」

わたしは彼女がマントを脱ぐのを手伝った。

「あちこち見ないでくれないか、ビビッシェ」胸の高鳴りを感じながらわたしは頼んだ。

「こんなにみっともない部屋なのに――」

ビビッシェはわたしに笑いかけた。笑い方が独特で、目と小鼻で笑う。

「ええ、ちゃんとわかるわ。この部屋には女性が来たことがなさそうね。それともあるっていうの。レーダからのお客さんかしら。それともオスナブリュックから――照明はちょっと眩しすぎる、みんな消したらどう。卓上の灯りだけで十分――そう、それでいいわ」

わたしは紅茶沸かしを卓に置き、アルコールランプに火をつけた。二人とも気詰まりだったが、どちらも相手にそれを気取られないようにした。

「外は寒かったかい」何か言わなければと思ってわたしは聞いた。

「ええ。といっても、よくわからなかった。たぶん寒かったんでしょうけれど、気にする間もなかった。走ってきたの。恐かったから」

「恐かったって？」

「ええ、嘘じゃない。わたしってばかね。家を出るまでは気楽に考えていたの。でもすぐに恐くなった。道の暗いことといったら！　こんな短い距離なのにおそろしく長く感じたわ」

「あなたをひとりで来させるべきじゃなかった」

ビビッシェは肩をすくめた。

「恐いといえば今だって恐いわ。誰か来やしないでしょうね。あなたの患者さんとか」

「この時間じゃまずない。それに来た人は呼び鈴を鳴らす。誰が来ても上にあげてやるものか」

ビビッシェは煙草の火をつけた。

「お茶を飲んで、すこしお喋りしましょう。そうしたら帰るわ」

わたしは何とも答えなかった。ビビッシェはアルコールランプの青い炎を見ていた。下にいる仕立屋がまたもや咳の発作を起こした。

彼女はびくっとした。

「何なのあれ」

「ここの家主だ。軽い気管支炎に罹っている」

「一晩中あんな感じなの」

「いや、眠れないときは下に行ってコデインか何か処方してやるから」

何かが彼女の気に障ったようだ。

「なんだってここまで来たのかしら。あなた言ってごらんなさいな。見てごらん。ほら、ちゃんと見なさいよ。何を期待してるの。わたしがあなたの首っ玉にかじりつくこと？『ようこそ』の一言さえまともに言ってくれないくせに」

わたしは前に乗り出し、腕を彼女の肩に回した。だが彼女は逆らった。キスはしてもらいたくないというようにわたしを押しのけた。

「ビビッシェ！」わたしは驚き、すこし傷ついて叫んだ。

「何？ わたしはあいかわらずのビビッシェよ、すこしも変わってやしない。なのにあなたったら不器用ね。服が破けちゃったじゃない。青い絹はないの。ないのね。どこに行ったらあるかしら」

仕立屋のところに行って青い絹地があるか見てみようと言ってみた。彼女は同意した。

「いってらっしゃい。でもすぐ帰ってきてね。恐いから。ほんとうよ、ひとりでいると恐いの。あなたが行ったら閂（かんぬき）をかけておくわ。帰ってきたらノックしてあなただって言って。さもなきゃ開けてあげない」

戻ってきたとき、閂はかかっていなかった。わたしは部屋に入った。

ビビッシェは鏡の前に立って髪を整えていた。服はディヴァンのうえにあった。赤い刺繡の入ったキモノをしどけなく、肩を露わにして着ている。こんなものを持ってきていたとはついぞ気づかなかった。鏡は晴れやかで美しく、落ち着いて決意を秘めた顔を映していた。

「それじゃ」振り向かずに彼女は言った。「今、『ようこそ』と言ってくれてもいいわ」

わたしは彼女の頭を両手で抱き後ろに傾けた。痛かったらしく彼女は声をあげた。乱暴すぎたのかもしれない。気がつくとわたしたちは苦痛を感じるくらい荒々しいキスを交わしていた。

「あなたが来たおかげで、せっかくの静かな生活がめちゃくちゃよ」ようやくわたしが彼女の唇を放すと、ビビッシェはそう零した。「そのつもりだったんでしょ。いつもそんなにやすやすと女を手に入れるの。目をつけさえすれば――ほんとうにわたしを愛しているの」

「言わなきゃわからないのかい、ビビッシェ」

「わかるわ、でも言葉で聞きたいの。いいえ、やはり言わないで。代わりに教えて。わたしたちが会えなくなったあと、どこに住んでいたの。恋人はいたの。きれいな人だったの。でもわたしにキスするのをやめないで。男なら答えるのとキスするのを同時にできるはず――それともできないの」

ビビッシェは目を閉じ、キスされるがままにまかせ、キモノが肩からすべり落ち、わたしは俄雨のような幸福感に貫かれて彼女を腕に抱いた。

朝になって空が白みはじめるころ、わが恋人はわたしのもとを去った。送っていくことはできなかった。玄関の間の、仕立屋の仕事場と階段のあいだの暗い片隅で、わたしたちは別れの言葉を交わした。

「ええ、すぐまた来るわ」そう言って彼女はわたしに寄り添った。「でも午前中はだめ。ここ何日かは仕事がたくさんあるの。でもそれさえ終われば――わたしはあなたを待たせはしない。このままいたいのは山々だけど――やはり帰らなきゃならないわ。猫のミルク皿が空になるから。いいえ、お馬鹿さん、猫なんか飼ってない、これはわらべ歌なの。誰かに会ったら、散歩中だって言うつもり。信じてくれるかしら。信じてくれなくたっていい。もう一度キスして。子供のころビビッシェと呼ばれてたって誰に聞いたの――わたしが言ったのかしら。今日中にもう一度会いたいわ。家の前を通りかかったら窓を叩いて。もう一度キスして！　それじゃ――」

慎重な小幅の足取りで彼女が雪を踏んで歩いていくのをわたしは見送った。一度彼女は振り返り、わたしに手を振った。その姿が見えなくなってからわたしは部屋に戻った。一種わくわくした感じが起こってきた。こんな感じははじめてだ。すぐに何かまったく新しいことに取りかからねばならないような気がした――乗馬を習うとか、学問研究に着手するとか、あるいは少なくとも一時間ひとりで雪のなかを駆け回るとか。

やがて九時になると一日が――昨夜は何ごともなかったような、いつもと正確に同じ一日がはじまった。最初の患者が来た。神経痛を患った例の男だ。嘘偽りのない再会の喜びと一種の感動をもってわたしは彼を迎えた。ビビッシェを待っていたので、わたしはこの男を追いやった。今彼女は去り、この男はまた来てくれた。愛しい旧友ででもあるようにわたしは彼を歓迎した。――「さて、昨夜はどんな具合だったかい。聞かせてくれないか」わたしはそう言って、男に葉巻と、それからビスケットと棗椰子の実とリキュールを勧めた。

第十九章

続く何日かのあいだは、ビビッシェと二人きりになれなかった。通りすがりに司祭館をのぞくと、きまってフォン・マルヒン男爵がいっしょに実験室にいた。男爵の秀でた額、白くなりかけた鬢（びん）、ほっそりした顔がランプの灯りで窓越しに浮かびあがるのだ。男爵はときには試験管を手に、ときにはゾクレット抽出機らしい円筒形のガラス器を前にして、ビビッシェとともにいた。実験室の灯りが消え、隣室でビビッシェがタイプライターの前に座り、男爵は部屋を行きつ戻りつ口述をしていたときもあった。もっともわたしが見たのは男爵そのものではなく、壁を伝い床を這う影だったけれども。

男爵が始終従（つ）いていて、ビビッシェにわたしに割（さ）く時間はない。だがもう気を揉んだりはしなかった。彼女がわたしのものになったあの夜は、わたしのなかの多くのものを変えた。それまでは病んでいたのだとしても、すっかり良くなった気がした。心を裂く猜疑は失せ、絶えず移り変わる気分に苦しめられることもなくなった。あれからわたしは、以前にもまして激しくビビッシェを愛するようになったのかもしれない。その気持ちは、今病院にいるわたしが彼女を愛する気持ちと同じものだ。ただあのときのわたしには、大いなる安らぎがあった。きっと登山家が、果てもない苦難と危険の末に絶壁を登攀（とうはん）したとき、こんな気持ちになるのだろう。登山家は今、太陽のもとで幸福に酔い、己への信頼に満ちて横たわっている。おあずけを食らっていてもやすやすと耐えられる。仕事さえ終わればビビッシェはまたすぐ来るのを知っているから。部屋で孤独を感じるとき、彼女が恋しくなるとき、わたしの思いはあの夜へ飛んだ。

その数日はわたしも普段より忙しかった。村でジフテリア患者が二人出たし、小さなエルジーの容態も気になってたまらなかった。猩紅熱は峠を越した。皮膚の角質が剝げることもなくなった。だが体力が弱っていて、転地療養、すなわち気候がここほど厳しくないところへ移り、ある程度の期間滞在することが必要と思われた。この件はフォン・マルヒン男爵と相談せねばならなかったが、男爵は仕事にかかりきりで小さな娘をかまう暇はほとんどなかった。

診察を終え、わたしは林務官の家を出た。その日は土曜だった——ということは、あれから一週間が過ぎたことになる。一週間前のわたしは、村道を通ってモルヴェーデに戻り、男爵を捜していた。村人が〈鹿〉亭や食料品屋のまえで数人ずつ固まって立っていた。男も女も、馬鈴薯の皮剝きに出かけているもの以外は、みんな集まっていた。農夫たちはいつもどおり口数が少なかったが、日に焼け労苦で皺の寄った顔には、期待でそわそわしている感じがほの見えた。そしてビール樽を積んだ橇がゆっくりと領主館のほうに行くのを見送っていた。橇の脇を御者が歩き、鞭の音を響かせている。食料品屋の店主がすぐさま、聞きもしないのに教えてくれたところによると、男爵が自分の洗礼名の日を祝って村中の人々を招待したのだそうだ。農場主や小作人を迎えるため館の庭園に面した大広間が整えられ、作男や木樵は、管理人用の建物の一階にある奉公人部屋でもてなされるという。豚の焼き肉と腸詰の塩漬けキャベツ添え、めいめいにシュナップス二杯と飲み放題のビールがふるまわれる。そして食料品屋である彼から、男爵は胡椒入りケーキ（レープクーヘン）の箱を買い占めたという。村の子供らに配って、ささやかながら喜びを分かち合うためだ。こんなに男爵が大盤振舞したことは過去にないそうだ。

「農夫たちの噂だと」なお食料品屋は話し続けた。「男爵さまはこの日を祝って、小作農の幾人かに滞っている小作料を免除するつもりなんだそうです。でも信じられませんね。けじめがなくなるじゃないですか。男爵さまが貧乏人に思いやり深い方だってことは知ってます。でも小作料は、あだやおろそかなものじゃありませんから、けじめがなくなったら、どうなると思いますか。小作料はきちんと払わなくてもいいってみんな気づいたら——どうした小僧、なんだって尻に火がついたみたいにあわててる。爺さんの煙草を三十ペニヒ分だと——ほら持ってけ。落とすなよ。お前の爺さんによろしくな。あわてて教会の塔を蹴倒すんじゃないぞ」

小さな子供が手にしたグロッシェン貨で、とめどない食料品屋の弁舌を遮ろうと、売り台をせわしなく叩いていたのだった。

実験室に灯りは点いておらず、その隣室も同じだった。窓を叩いてみたが、何も動く気配がない。もう一度、今度はすこし強く叩いてみた——邸内はひっそりとして、誰も扉を開けに出てこない。わたしは嫌な気持ちになった。いつもビビッシェはこの時間には実験室にいるのに。旅に出たのか。また男爵にベルリンに遣わされたのか。今頃は緑のキャデラックでオスナブリュックの駅前広場を走っているのだろうか。違う。そんなはずはない。旅行するのなら——わたしに知らせたはずだ。わたしたちのあいだであんなことがあった以上、あいさつの一言もなしに行ってしまうはずはない。でも仕事が終わったとしたら？　薬剤の脱臭がうまくいって——あのときは腐ったような臭いに胸が悪くなったものだ——実験ができるところまでこぎつけたとしたら。それもより大規模な実験が——そうに違いない。今宵は村中の人が領主館に招かれる。めいめいにシュナップス二杯、それにビールを飲み放題。するとビールじゃない。誰もが好きなだけ飲めるなら正しい服用量にならない。でもシュナップスなら大丈夫だ。シュナップスとともに農夫たちは麻薬を飲む——ビビッシェが〈聖母の大火〉から抽出した麻薬を。明日になれば教会は額づく農夫で溢れかえるのだろう。なぜ司祭は止めなかったのだろう。ともかく明日になればビビッシェは来る。「仕事さえ終われば、長くは待たせないわ」と約束してくれたから。

領主館まで行ってみた。誰もおらず、わたしは男爵の居所を聞けなかった。おそらく召使たちはみんな庭園に面した大広間と管理人棟で祝宴の準備に大童なのだろう。わたしは広間に入った。光を絞ったランプに照らされて、二人の男が、彫刻を施された木の肘掛椅子に、向かい合わせになって言葉もなく座っているのが見えた。わたしが部屋に入ると、一人が立ちあがった。司祭だった。

「今晩は、先生。男爵をお捜しですか。そこの椅子で寝ています。ええ、本当に、座ったまま寝入ってたんです——わたしが部屋に入ったときからこうでした。話すことがあったんですがね。静かに来てくださいよ。起こしちゃいけません。正しき者の眠りを眠っているのですから」

わたしは音をたてぬよう扉を閉め、爪先立ちで男爵に近づいた。男爵は前のめりになり、頭を腕にあずけて、安らかで規則正しい寝息をたてていた。卓には本が開いたまま置いてあった。ルキアノスを読んでいるうちに睡魔が襲ってきたのだ。

「驚くじゃありませんか、こんなに安らかに眠っているなんて」司祭は話し続けた。「不安や心配や疑惑の影さえこの人の夢には射さないのです。あれほどの責任の重みを負っているというのに」

「そして司祭さま、あなたは責任を男爵と分かち合っているのではありませんか」わたしは小声で、ためらいつつも言ってみた。「男爵の目論見のすべてが教会の教えに叶うわけではないでしょう」

「おっしゃる通りです」司祭も小声で、きっぱりと言った。「主の教会は、この人が心に描いているものとは何の関係もありません。教会は主の全能によって築かれます。人の浅知恵によってではありません。人は自らの自由意志で神を讃えるために地上にいるのです。そうではありませんか」

わたしは何とも答えなかった。広間は静まりかえり、ただ眠るものの微かな寝息が聞こえるばかりだった。

「司祭さま、それではなぜ、教区のものに、ここに来るのを禁じなかったのですか」

「それも考えてはみました。しかし何の役にも立ちますまい。どのみちやはり来るでしょう。彼らはわたしの言うことなど聞きません」

「この人の目論見に誤りがないとするならば」わたしは言った。「モルヴェーデの農夫らは、今後はあなたの言うことを聞くようになるのではありませんか」

司祭はわたしを見つめ、それから目を逸らせて肘掛椅子に眠る男を見た。

「そうでしょうか」やがて彼は言った。「あなたはここの人たちを知っているのですか。お若い方、そもそも人間というものを知っているのですか。わたしは農夫や木樵たちに交じって年齢を重ねました。彼らの心にあることは、何もかもすべて知りました。何を考え、何を望み、何を欲するか、心のなかでひそかに動くものまで含めて、すべてわかっているのです。だから不安なのです」

司祭は男爵を指した。

「そもそも――ここに来たというのも、男爵ともう一度話し合うためでした。もしかしたら――最後の瞬間に心を翻（ひるがえ）させられるかもしれない、責任の恐ろしさをまざまざと思い知らせて、押しとどめることができるかもしれない、と思ったのです。だからここで――半時間も向かい合って座ったまま、眠る姿を眺めていました。面（おもて）に不安の痙攣ひとつ、吐息に悪夢の呻（うめ）きひとつ出やしないかと思って――。しかしごらんなさい、なんという安らかな寝顔でしょう。一時間後の決断を前にしてこれほど安らかに眠れる人に、何を言ってもむだというものです。わたしは帰ります」

わたしも広間を出た。そして曲がりくねる階段を、ビビッシェを捜すために昇っていった。

第二十章

男爵が食後にモカを飲み新聞を読むことにしている小さな客間に、フェデリコとプラクサティン侯爵がいた。二人はトランプ卓についていた。わたしが部屋に入ると、プラクサティンは親しげに頷いたが、心がここにないようで、すぐにわたしに何の注意も払わなくなった。いっぽうフェデリコはわたしをカード越しに見据えた。林務官の家からわたしが来たのを知っているのだ。これまではたいてい小さなエルジーの具合を知らせてやっていた。快方に向かったとか、フェデリコのことを聞いたとか。だがそのときわたしは何も言わなかった。エルジーを南方へ転地させることを男爵に勧めるつもりだったが——とつぜんそれが、医師としてのわたしが必要と信じる処置というよりは、フェデリコへの卑怯な裏切りと思えてきた。アイリスのように青い大きな目を、もの問いたげに向けられているうち、わたしは落ち着きを失ってきた。そこで強いて目を逸らせ、トランプの勝負に興味があるふりをした。

何をやっているかはわからなかったが、ロシア人の望む局面ではないのはすぐ見てとれた。不機嫌そうにあらぬかたを眺め、自分の番が来るたびにロシア語とドイツ語を混ぜて悪態をついていたから。

そしてとつぜんカードを卓上に投げ出した。

「どうにも理解できん。フェデリコ、お前は昨日、一度も勝てなかった。なのに今日はいきなり名人だ。戦法さえがらりと変わって、教えてやらなかったトリックさえ俺に使いやがる。昨日書いてもらった借用状はもう返さねばならん。正々堂々とやってたら、こんな風になるはずはない。おいフェデリコ、先生のほうを見るんじゃない、俺の顔を見ろ。正直に言え、誰にこのトリックを習った？」

「誰にも習っちゃいない」フェデリコが答えた。「どうすれば勝てるのか、一晩じっくり考えただけだ」

「一晩じっくり考えただと」憤慨してロシア人は叫んだ。「じっくり考えたりするな。そいつは禁じ手だ。狐は眠ったふりをしながら実は鶏の数を数えている。そんなのフェアじゃない。フェデリコ、ジェントルマンのあいだではな、じっくり考えてひそかにトリックを編み出すなんてしないもんなんだ」

「それは知らなかった」フェデリコが言った。

ロシア人はこちらを見た。

「先生、先生はたぶん」そしてそう言いながら、カードを切って新しく配った。「俺が暇つぶしの慰みにフェデリコと遊んでいると思ってるだろう。あるいは金を分捕るためにとか。そんなのとは全然違う。俺はこいつの精神を鍛えて、哲学者だけを満足させるあの大いなる問題へ誘おうとしてるんだ。というのも先生、俺の哲学癖はあんまり強いもんだから、一時も休まずに最難問を考え続けてる。例えば無限の空間の果てとかだ。昼も夜も俺はそんな問題に取り組んでいる。だがその課題にとりかかる前に、フェデリコに論理的思考の法則の手ほどきをせにゃならん。トランプ遊びはそのためだ。俺は毎日こいつと勝負して、たいそうな時間を犠牲にしている。それから教育を施すつもりもある。フェデリコが賭けに飽き飽きするようにやってるんだ。一年もすりゃ、カードを見るのも嫌になるだろう。どんなトランプ遊びにも心底から嫌悪を覚えるように、俺はこいつを育ててる。俺自身が必ずしも免れてない危険から護ろうとしてるんだ。先生、俺は過ぎた人生を思い返すと悲しくなる。失くしたものは何であれ、いつかは見つかるだろうが、失くした時間だけはもはや手に入らない。そこから俺は、この訓練にフランス語会話も結びつけている」

そしてカードを配り終えると、フェデリコに向かって言った。

「Mais vous êtes dans les nuages, mon cher. A quoi songez-vous? Prenez vos cartes, s'il vous plaît! Vous êtes le premier à jouer.（だがお前はぼんやりしてるぞ。何を考えてる。どうかカードを手に取ってくれ。お前が先手だ）」

フェデリコはカードを手にしたが、また下に置いた。そしてわたしを見つめた。

「先生、何か僕に言いたいことがあるようですね」

わたしは頭を振った。

「あるいは僕に黙っておきたいことが。そう、そっちのほうだ。あなたは何か僕に隠している」

不安げな、探るような目で見つめられてわたしはうろたえた。

「明日まで待とうと思っていたんだ」わたしはそう口を切った。「明日話そうと思ってた。だが聞かれたからには答えよう。小さなエルジーは必ず――」

わたしが予告しようとしたことを、彼は察知したようだ。不安げな緊張が顔から消え、憎悪にとって変わった。これほどの憎悪が浮かんだ顔は見たことがなかった。少年の凝視にわたしは怯え、臆病になった。

「必ずしも隔離し続ける必要はないと思う」わたしは言い直した。「もう君があの子を訪ねるのを妨げるものはない」

フェデリコはわたしを、最初は疑いの目で、それから驚きの目で、それから呆然とした目で、それから輝く目で見た。

「行ってもいいのですか」彼は叫び声をあげた。「許してくださるんですか。それなのに僕はあなたを敵だと思っていた。もう約束は守らなくていいんですね。ありがとうございます。握手しましょう。ありがとうございます。では今から行きます」

「今日はよしてくれ」わたしは頼んだ。「あの子は寝ている。君が行くと起こしてしまう」

「起こしやしません。心配しないでください。そっと部屋に入って、またそっと出てきます。息さえしませんとも。ただ見に行くだけです」

不意に彼の顔に翳がさした。

「父さんに言いやしないでしょうね、僕がエルジーのところに行くことを」

「いいや、君を裏切りはしない」

「もし父さんが知ったら——父さんは一度、あの子をスイスかイギリスにやってしまうぞと僕を嚇(おど)したことがある。だが僕はあの子なしでは生きていけない」

「お前は生きていけるさ」ロシア人がつぶやいた。「間違いない、お前はあの子なしでも生きていける」

「君のお父さんには言わないよ」わたしは約束し、病気の子を南方に遣る考えはあきらめた——ここにいても健康になれるだろう——良心を安らげるため、わたしは自分にそう言い聞かせた――もしかしたら、森林の空気が彼女にちょうどいいのかもしれない、それにあと二週間もすれば春になる。

フェデリコはロシア人の方を向いた。

「僕は行く、アルカジイ・フョードロヴィッチ。今聞いたとおり、先生はもう約束を守らなくていいと言ってくれた。ごきげんよう。怒らせてしまってすまない。明日この雪辱の機会をあなたに与えよう、アルカジイ・フョードロヴィッチ」

彼は出て行き、ロシア人は不機嫌にそれを見送った。それからわたしを非難しだした。

「よりによって勝負が佳境に入ったとき言わなきゃならなかったのかい。もうすこし待ってもよかったのに。分別はどこにいった。どこにもありやがらん。八時か。こうなったら下に行ってお客の相手をするしかないな」

わたしが広間に戻るとビビッシェがいた。彼女は一人だった。

彼女は飛びあがって、わたしに駆け寄り、彼女だけができるやり方でわたしの手首をつかんだ。

「どこに行ってたの。ずっと捜してたのよ。もう何時間も。終わったのよ。聞いてるの。わたしたちの仕事は終わったの。もう何日も会ってないわ――そもそもわたしのことを考えてるの。わたしのことが嫌いになったの。それで――いったい何を待ってるの。キスしてってお願いしましょうか。ありがとう。優しいのね。ええ、もう一度キスしてもいいわ。あの人は行ってしまったけど、きっと仲直りしてみせる」

男爵のことを言っているとは、すぐにはわからなかった。

「言い争いをしたの。すごくな真剣な議論だったの。誰とですって。男爵とよ。麻薬についてよ。男爵は言うの、わたしたち二人はあれを飲んじゃいけないって。統率者(フューラー)なんだからって。いたずらに熱狂せず、冷静な頭でものごとに対処しなくてはいけないって。わたしたち二人は操(あやつ)るためにいるんであって、巻き添えになるためじゃないって言うの。それで喧嘩になったわ。わたしに言わせれば、ものごとの上にいるってことは、ものごとの外にいることなの。統率者だからこそ、群集が感じていることを感じてなくてはならないし、群集が考えることを考えなければならない。でもあの人を説得できなかったし、あの人もわたしを説得できなかった。わたしと別れたとき、男爵はすこし気分を害してたわ」

「君も麻薬を飲むのかい、ビビッシェ」

「来て、ここに座って」彼女はわたしを炉辺の長椅子に引き寄せた。「ねえあなた、わたしはもう飲んでるの。諫めようとしても――手遅れよ。飲まなきゃならなかったの。わたしを理解してくれなきゃ。わたしはあまり幸せな人間じゃなかった――それでね、幸せじゃないのは、信仰を失ったためだと思うの。もう一度祈れるようになりたい。子供の頃お祈りしたみたいに。父が射殺されてからは——あら、知らないの？　話さなかったかしら。ギリシャで共和国の成立宣言がなされたとき——いいえ、街路戦でじゃない。父は戒厳令下で死刑を宣告されて撃たれたの。王党だったから。わたしたちが住んでいた家から、発砲の音と太鼓の連打が聞こえた。その日からお祈りは止めたわ。科学だけ信じて神は信じないことにしたの。でももう一度祈ることができたら。子供の頃の信仰を取り戻せたら——これでわかってくれた？」

しばらくのあいだわたしたちは黙っていた。彼女はわたしにもたれかかった。

「今日はあなたの家にいたのよ。知ってる？」いきなり彼女は言った。「あなたの家であなたを捜してたの。ひとりきりであなたの部屋に座ってたの。仕事が終わりしだい行くって約束したから。けっこう不安だったけど、階段を駆け上がってあなたの部屋で待ってたの。家主の人はあいかわらず咳をしてた。どうしてあなたの部屋はいつもクロロフォルムの匂いがするの。本当にうんざり。暖炉の火もなにもかもこんなに静か——ほとんど眠りこみそうなくらい。そしてあなたは？　あなたはどこにいたの。わたしを待たせて！　ここでわたしを捜してたの？　あらゆるところを捜したけど、あなたの家だけは捜さなかったですって？なんだかおかしい」

ビビッシェは頭をのけぞらせて笑った。目と小鼻で笑った。

「いいえ、今日はもう行かない」そして彼女はそう言った。「ちょっと疲れちゃった。すぐ家に帰るつもり。だめ。そんないきなりびっくりした顔にならないで。明日行くから。九時頃かって？　いいえ、もっと早く。ずっと早く。日が暮れたらすぐ。ノックが聞こえたらビッシェがいるから。あなたはただ、他の誰もあなたの家に入れないようにしてくれればいいの。でも明日は日曜ね。知ってた？　明日は日曜って。ねえ、あなたほんとに現つでいるの？　なんだかご機嫌ね。明日が何曜かわからない人は、きっと夢のなかにいるか、それともご機嫌なんだわ」

夜が更けたあと、もう一度領主館に行ってみた。

そして庭に面した大広間に入った。広い室内は汗ばむほど暖められ、煙草の烟が目に沁みるほど濃く立ちこめ、ビールや冷えてしまった料理や多すぎる人の臭いが籠っていた。どこからかアコーディオンのぶかぶかいう音が聞こえた。農夫らは座ってビールを飲み、普段よりすこし大きな声で議論し、ときどきわたしの理解できない冗談が食卓を飛び交った。女房たちが帰りましょうよとせがんでいた。家主の仕立屋が別の男とわたしのところに来て、こいつはわしの義弟でと紹介し、しつこくいっしょに飲みましょうと誘ってきた。

男爵には会えなかった。プラクサティン侯爵だけがいた。アコーディオンを弾いていたのはこいつだった。空のビール樽のうえに座り、訳がわからず怪訝そうに彼を見つめる農婦たちに向かって、ロシアの歌曲を歌いかけていた。戦場へ赴く黒い軽騎兵の歌だった。飲み過ぎているのはこの男ひとりだけだった。

第二十一章

次の日わたしは自宅で待っていた。部屋が暗くなってきたので、それまで読んでいた本を置いた。ビビッシェは必ず来ると信じていたから、焦りもしなかった。待つものの幸福と、心を震わせる軽い刺激を、まるで甘い果物か年代物の強くて高価なワインを味わうように味わっていた。時は過ぎ——時よ過ぎてくれ！　そのうちすっかり日が暮れれば、ノックの音がしてビビッシェが現れるだろう。

でもいつになったら日は暮れるのか。部屋の椅子やテーブルや鏡や戸棚はまだそれとわかる。壁にかかった写真凹版のシェークスピアの一場面も見分けられる。王、道化、庇護を求める女たち、異国からの大使。するとまだ日暮れには間がある。しばらくわたしは写真凹版を眺めていた——今は輪郭がぼやけ、王と道化だけがそれとわかる。だがそれも消え、金鍍金の額縁だけが壁や版面から浮かび上がっている——だが全き闇にはまだ間があった。

時計は見なかった――時間はもうどうでもよかった。六時か、あるいは七時になっていたかもしれない――いや、七時のはずはない。六時半と七時のあいだに、おかみさんが夕食を持ってくるからだ。腹はぜんぜん空いていない。ソファに転がって煙草を吸ったが、すでにあたりはその烟が見えないくらい暗くなっていた。

暗くなったよ、ビビッシェ――そう声に出して言ってみた。とうに暗くなったよ。いまここに来ても、誰にも君は見えない。だから来ておくれ――聞こえるかい。聞こえるはずだ。聞いてくれないか。そんなに待たせないでおくれ――聞こえるかい――ここで歯をくいしばって息をとめ、念を凝らして、ビビッシェにいますぐ来いと命じた。それから目を閉じ、わたしの意志の力で彼女が司祭館を出て、おずおずした小幅な足取りで雪の積もる村道を横切って――こんなことはしちゃいけない――彼女は自由意志で来なければいけない――わたしは確信していた、彼女は今にも、一分もたたないうちに、扉をノックする。だめだ！　彼女にノックさせちゃだめだ。わたしは扉を開けた。木の階段を軋らせる彼女の軽やかな足取りを聞きたかったから。そしてわたしが立ったまま聞き耳をたて、いっこうに聞こえない足音を待っているうちに、教会塔の時計が鳴り出した。

すると六時になったばかりか。おかみさんが夕食をまだ持ってこないから、七時のはずはない。それとも、ついぞなかったことだが、遅れているのだろうか。鐘の音は数えていなかった。そこでやむなく灯りを点けて懐中時計を見た。

驚いた。時計の針は八時を指している。

変だ。最初の瞬間、わたしはおかみさんのことだけを考えた。彼女に驚いたのだ——どうしたんだろう。なぜ来ないんだろう。まあいい、仕立屋の女房のことを気にしてどうする。それよりビビッシェだ、ビビッシェはどこにいる。なぜ来ない。何か起こったのか。

そこではじめて不安になった。ほんとうの不安だ。

ビビッシェは麻薬を飲んだ。どんな副作用が起こるか、誰が知ろう。これまで誰も試していない——いや、一人いたはず。だが、わたしが邪魔をした。わたしのせいだ！　もし彼女に何かあったら、わたしの罪だ。もしかしたら病気なのかもしれない、心臓が悪くなって、助けを求めても誰にも聞こえない、わたしが必要だが、そばにいない——

すでにわたしは外に出ていた。オートバイ乗りに会ったのはそのときのことだ。この男の姿、しとめた二匹の兎を背にぶらさげ、村道を走っていき、料理屋の前で飛び降りた、それはわたしが目覚めてはじめて記憶に浮かんだ姿だ。オートバイをよけようとしてわたしは道で転んだ——立ちあがりながら、あの兎はどこで獲ったのだろうと思った。——野兎や山鶉（うずら）は今は禁猟期なのに。——それと同時に、まだ懐中時計を握っているのに気づいた。転んだときガラスを割ってしまった。時計はポケットに入れて、さらに走った。

実験室の扉は開いたままだった。わたしは中に入った。部屋は暗く、凍ったように寒かった。わたしは灯りをつけた。ビビッシェはいなかった。

わたしはほっとした。ビビッシェは病気じゃない。出かけているだけなのだ。かすかな希望がわたしのなかで灯った――もしかしたらわたしの部屋にいるのではないか。家を空けたすぐ後に来たのではないか。昨日だってわたしの部屋で待ってたじゃないか。それなのにあちこち捜していたのだ。

あわててわたしは家に帰った。心臓をどきどき言わせながら階段をあがった。今度はゆっくりと、時間をかせいで。そして静かにドアを開けた。ビビッシェを驚かそうと思ったのだ。彼女はいなかった。部屋は出たときのままだった。ただ暖炉の火が消えていた。そして今度は、悲しみが湧いてきた。ビビッシェが来てくれるとは、もはや信じられなかった。何かが起こった。何かが彼女に約束を守れなくさせた。でも何が、何が起こったというのだろう。凍えながら、火のない暖炉の前で暗い思いにふけっているうち、いきなりひらめいた。

ビビッシェは教会にいる。間違いなく教会にいる――なぜ今まで思いつかなかったのだろう。麻薬のせいだ。信仰を取り戻して、何年ぶりかで神に祈っているのだ。冷たい石甃（いしだたみ）に跪（ひざまづ）き、同じく麻薬を飲んで、恍惚に我を忘れたり、地獄への恐れにとりつかれたりしている農夫たちのなかにいるのだ。オルガンの音が轟き、司祭が祝福を与え、アヴェ・マリアを祈り、皆の心は神のうちに一つになっている。

教会へ行こう。外はすっかり人気がなかった。歩いているあいだ、一人の人間にも行きあわなかった。教会は闇のなかにあった。なにもかもひっそりしている。オルガンの音も聞こえない。重い扉を押して中に入った。

誰もいなかった。

入った瞬間、わたしはとほうもなく驚いた——これほどまでに見捨てられた教会は、ついぞ見たこともない。きっと夕べの祈りはもう終わったのだ。今は八時半だから。でもビビッシェはどこにいるのだろう。家にもいない。教会にもいない——いったいどこにいるんだ。

領主館だ——わたしは自分で答えを出した。——フォン・マルヒン男爵のところだ。男爵は感情を害した。二人は言い争いをしたが、ビビッシェは仲直りしようとしている。だからわたしのところに来られなかったのだ。

吹雪(ふぶ)いてきた。冷たく激しい風が笛のような音をたててさっと吹き、まともに顔にぶつかった。わたしはマントの襟を立て、雪や風と戦いながら前に進んだ。あれは今から一週間前、二月二十四日日曜日、夜九時頃のことだ。男爵の家を訪れたのはそれが最後となった。

途中で会ったのは一人きりだった。わたしと顔見知りの、神経痛を患っているあの男だ。通り過ぎようとする彼をわたしは引き止めた。

「どこへ行くんだ」わたしは呼びかけた。「もしかしてわたしのところか」

男は頭を振った。

「説教に行くんです」男は叫んだ。

「説教だって。いったいどこで今日説教がされているんだ」

「今日は村中で説教がされてます。貧しい人たちへの説教です。パン屋や蹄鉄鍛冶屋や〈鹿〉亭で。わしは〈鹿〉亭に行くところです」

「なら行ってこい。でも気をつけろ、冷えすぎないようにな。〈鹿〉亭のビールを味わってくるがいい」

「じゃ行ってきます」そう返事をすると、男は雪の中を足踏みをするようにして去っていった。

領主館の広間にフォン・マルヒン男爵がいた。ビビッシェはいっしょではなかった。

第二十二章

フォン・マルヒン男爵は誰もいない広間に座っていた。今日は男爵の待ち焦がれた日だ。だが彼はそれを悠然と迎え入れるふうで、興奮の気(け)はまるでなかった。卓上には半分空になったウィスキー壜が置かれ、手にした葉巻から青い烟雲が天井へ立ち昇っていた。

男爵はプラクサティン侯爵のことを聞いてきた。朝から姿が見えないらしい。わたしは何とも答えられなかった。心はビビッシェへの不安で一杯だった。ここにもいない——どこに行ったんだ。だが男爵に聞くのは憚(はばか)られた。男爵は微かな、尊大ともいえる仕草で椅子を指した。立ち去ろうとも思ったがそれはやめた。男爵に相対するとこの時のあだやおろそかならぬことがわたしの身にも迫り、残らねばという気になったのだった。

男爵は話をはじめた。己の目論見と期待とを今ひとたび、ゴシック様式の壮麗な建築物のようにわたしの面前に聳(そび)えさせた。耳を傾けるうちに着想の大胆さにとらえられ心を動かされた。とうにウィスキー壜は空になり、烟の雲はいよいよ濃く重くなった。正統な血筋の皇帝と新たな帝国とは、あらゆる欺瞞（まやかし）の希望や意見に抗して、地上に現れねばならない、とまたも男爵は言いだした。

「ところでフェデリコは」何ともいえぬ胸騒ぎに急に身が震え、わたしはたずねた。「自分が皇帝にされることを知っているのでしょうか。あの少年がその任に耐えられると思いますか。そして実際耐えられるのでしょうか」

　男爵の目が輝いた。

「あの子にはフリードリヒ二世が嗣子のマンフレートに教えたことはすべて教えてあります。世界の本質、身体の生成、魂の創造について、物質の儚（はかな）さと永遠なるものの不変について。人々のあいだで生きながらその上に立つことも教えました。しかし恩寵は血統のなかにこそあるのです。真（まこと）の血筋から萌え出たものには、われわれ凡俗が微かにしか感じられないこと、あるいは大変な努力のあげく習得することを、おのずから知る力が備わっています。あの子はフリードリヒ三世です。巫女（シビル）たちが予言した、時代を変貌させ、異なる法を敷く皇帝なのです」

「それであなたは」わたしはたずねた。「その変貌した時代でどうなるのですか」

　男爵の唇に恍惚とした笑みが浮かんだ。

「わたしはペテロになります、救世主の使徒だったあの男に。ペテロは賤しい漁師でしたが、常に救世主に付き従っていました」

そう言うと立ちあがり、外に耳をそばだてた。

「鐘の音が聞こえますか。ほら、聞こえるでしょう。農夫たちが列をなして教会へ向かっているのです。教会に着けば古の聖母讃歌を歌うでしょう。わたしの祖父の時代のように」

わたしは鐘の音を聞いた――「教会は空だ」――鐘の轟きはそう告げていた――「教会は空しい」――。鐘が響くたびに、心臓を槌で撞たれるような気がした。心の不安は一撞ちごとに膨れあがり、もはや耐えがたいまでに大きくなった。心臓が張り裂けるのではないかとまで思われた。

冷たい突風が部屋を吹きすぎた。男爵はわたしの背後の扉を見やった。

「お前か」驚きの声があがった。「どうして来た。こんな時間にお前なぞに用はない」

わたしは振り向いた。戸口に立っていたのは学校教師だった。

「まだここにいるのか、男爵」喘ぎ喘ぎ彼は言った。「ここまで走りづめに走った。一刻も早く来ようと思って。なぜ逃げない。外で何が起きてるのか知らないのか」

「知っているとも」男爵が言った。「鐘の音が響き、農夫らが大勢列をなし、聖母讃歌を歌っているのだ」

「聖母讃歌だと」学校教師が叫んだ。「鐘が響くだと。なるほど鐘は鳴ってる。だがありゃ非常警鐘だ。聖母讃歌なんか歌うもんか。万国労働革命歌(インターナショナル)だ。男爵、奴らはこの家に火を放つつもりだ」

　男爵は言葉を失い、教師の顔をまじまじと見た。

「この期に及んで何を待ってる」学校教師が叫んだ。「あんたの小作人どもが来るぞ。殻竿(からざお)と大鎌を手にしてな。男爵、あんたとわたしは仲良しじゃなかった。だが今は命がかかってる。そうとも、あんたの命がだ。それでもまだ居残る気か。さっさと車庫から車を出してずらかれ！」

「もう手遅れです」司祭の声が聞こえた。「この館は囲まれました。あなたは外に出られません」

　フェデリコの腕に支えられて司祭が螺旋階段を降りてきた。僧衣(スータン)はずたずたになって体から垂れ下がり、頬にあてた大きな青い格子縞のハンカチに血が滲んでいた。庭園や街路から荒々しい叫び声が聞こえた。学校教師は扉を閉じ、鍵を抜きとった。

「農夫らはわたしに襲いかかって打ちのめしました」司祭が言った。「女も交じっていました。そしてわたしを引きずって、納屋に閉じ込めたのです。でもそれ以上わたしに構いませんでしたから、こうやって逃げてこられました」

――ビビッシェはどこにいる――わたしはぞっとした――何が何でも彼女のもとに行かねば。ビビッシェは外でひとりで、荒れ狂った農夫のあいだで――

「外に出させてくれ。あの人のもとに行かねば！」わたしは教師に叫んだ。だが彼は聞いていなかった。

「犬を逃がす時間があればよかったのだが」男爵が言った。そしてリボルバーを取り出し、無造作に卓上に置いた。フェデリコが無言で男爵に近寄った。見ると巨大なサラセンの剣を両手で持っている。あの〈アル・ロスブ〉だ――まったく役立たずのこの武器を、階上にある書斎の壁から外してきたのだ。

「お願いです男爵、撃つのはやめてください」司祭が叫んだ。「落ち着いて彼らの言うことを聞いてやってください。話し合いを試みてください。時間を稼ぐのです――地方警察がこちらに向かっていますから」

わたしは学校教師の腕をつかんだ。

「外に出してくれ。聞こえないのか。鍵をよこせ」しかし教師は身をふりほどき、わたしは空しく鍵のかかった扉をがたがたいわせた。

「地方警察だと。誰か警察に通報したのか」男爵の声が聞こえた。

「わたしがしました」司祭が言った。「今日は三度オスナブリュックと連絡をとりました。

昼と、それから晩にも」

「司祭、あなたが警察に通報したのか」男爵が叫んだ。「すると昼にはもう知って――」

「いいえ、何も知りません。でもすべてのことに予感がありました。そして恐くなったのです。いつも申し上げていたでしょう。あなたは神を呼んだつもりかもしれない、だが来るのはモロクだと――モロクが今来たのです。聞こえますか」

拳や棍棒や斧が扉に打ちつけられる音がした。男爵は卓上のリボルバーを取り上げた。それからフェデリコのほうを向いて命じた。

「お前は上の自分の部屋に行け」

「いやです」フェデリコが答えた。

この「いやです」を聞いて、男爵は鞭で打たれたようにびくっとした。

「お前はここを出て、自分の部屋に籠っていろ」男爵がふたたび命じた。

「いやです」フェデリコが答えた。

「フェデリコ」男爵は叫んだ。「お前はわたしの教えを忘れたのか。古の帝国の掟にはこうある。『父に従順ならざる子は永遠に名誉を失い、ふたたび贖(あがな)うることなし』」

「僕は残ります」フェデリコが言った。

フェデリコを見たのはこのときが最後だ。だから記憶に姿が焼きついている。両手を胸の前で巨大なシュタウフェンの剣にもたせかけ、恐れもせず、身動きもせず——自らの祖先の記念像を思わせる姿で立っていた。

「開けなさい！」外から声が聞こえた。わたしは仰天した。ビビッシェの声だったからだ。

「開けなさい。さもなくば扉を破ります」

　扉を開けたのは男爵自身だったと思う。たちまち十人余りの農夫が、斧や殻竿やナイフや棍棒を手に広間になだれ込んだ。先頭にビビッシェがいた——目を憎しみで燃やし、唇を険しく冷酷に歪ませて。その後ろでリューリク家の末裔、プラクサティン侯爵が万国労働革命歌をロシア語で切れ切れにわめき、赤旗を振っていた。

「止まれ！」男爵が呼びかけた。「止まらないと撃つぞ。何が望みだ。何だってこの家に押し入った」

「わしらはモルヴェーデ労働者農民革命評議員だ。わしらは、わしらのものを取りに来た」戸口からわたしの家主、仕立屋の親父が叫んだ。

「下種（げす）どもめ！」男爵が怒鳴りつけた。「お前らは暴徒にすぎん。酔いどれの盗賊だ」

「目覚めよ、呪われしものよ」プラクサティン侯爵がわめいた。食料品屋が戸口に押し寄せ、外にいる農夫らに向かって叫んだ。「見つけたぞ。ここにいやがる」

「館を分捕れ！」プラクサティン侯爵が叫んだ。「プロレタリアートの経済解放万歳！　資本家とその手先には死あるのみ！」

「吊るせ！　吊るしちまえ！」外から声が聞こえた。「樹ならいくらでもある。電信柱だってあるぞ」

「皆さん！」司祭が嘆くように言った。「神にかけてお願いします。理性を取り戻してください！」

「坊主をぶち殺すのよ！」金切り声が聞こえ、農夫たちのあいだから、憤怒で歪んだ女の顔が浮かび出た。女は手に持った包丁を司祭に向けて振り回した。

「下がれ！」男爵が鋭い声で命じると、ほんの一瞬あたりは静まった。「それ以上一歩でも近寄れば撃つ。言いたいことがあるなら、ひとりだけ前に出ろ。他のものは黙ってろ。わかったな。――よし、ではお前らのひとりに喋らせてやる。前に出るのは誰だ。ひとりだけだぞ」

「わたしが話します」ビビッシェが言った。

男爵は身を乗り出し、彼女の顔を正面から見た。

「お前がか、カリスト？　お前がこいつら下種どもを代表して話すのか」

「わたしがモルヴェーデの農夫と労働者を代表して話します」ビビッシェが言った。「他のあらゆる地と同じように、この地でも苦しんでいる労働階級を代表して話します。搾取されたもの、抑圧されたものを代表して話します」

男爵は彼女に一歩近づいた。

「お前はわたしをだました。そうだろう」落ち着いた声で冷ややかに男爵はたずねた。「毎日毎日わたしをだました。それがお前の仕事だった。こいつらにどんな薬を盛った。白状しろ」

そう言って男爵は彼女の手を握った。彼女はそれを振りほどいた。

「見てごらん」彼女は農夫らに呼びかけた。「これが寄生者、あなたたちを食いものにしている寄生者よ。馬鈴薯（じゃがいも）畑の小作料が払えないときは、家畜小屋の最後の牛まで売らせる男。あなたたちを餓えさせない日は一日もなく、あなたたちの悲惨を肥やしに富まない日は一日もなかった男。その男があなたたちの前にいます。決着をつけましょう」

「もういい」男爵が言った。「まずはお前と決着をつけねばならない。お前はわたしをだました。わたしの生涯を賭けた事業をだいなしにした。なぜそんなことをした。誰かに金をもらったのか」

それに続く場面を完全に再現することはわたしには無理だ。できごとの順は前後しているかもしれないが、まず何か重い物、おそらくは斧か槌かが飛んできて、男爵の頭を間一髪でかすめた。男爵がリボルバーを掲げて狙いをつけた。弾が発射され、わたしに当たった。ビビッシェの前に身を投げ出したからだ。

はじめは負傷したとは感じなかった。農夫たちが押し寄せ、男爵はもうわたしのほうを見ていなかった。――「下がれ！」――フェデリコの声が聞こえた――「皆さん！　皆さん！」司祭が訴えかけた。「これは殺人です、警察が来ますよ」――プラクサティン侯爵が頭から血をだらだら流してわたしの傍を走りすぎた。酒屋の親父がよろめき、フェデリコの剣の平（ひら）に打たれて地に倒れた。蹄鉄鍛冶屋が重々しい肘掛椅子を握りしめ、フェデリコに投げつけようとしたので、わたしはウィスキーの壜を力任せにその手に叩きつけた。鍛冶屋は叫び声をあげて椅子を放した。

とつぜん刺すような痛みを肩に感じた。部屋が傾（かし）いだと思ったら、ぐるぐる回りはじめた。殻竿が頭のうえで揺れている。いったん持ち上がったそれは、さんざんにわたしを打ちのめした。――「警察です！　警察が来ました！」司祭が叫び、警笛と号令が聞こえ、またも殻竿が頭のうえに振り上げられ、そして――

そしてわたしは意識を失った。

第二十三章

わたしは全身に包帯を巻いて寝台に横たわっている。看護婦がほんの数分だけ窓を開けると、爽（さわ）やかに冷たい冬風が入ってきた。心地いい風だ。もう痛みもないし、腕さえ動かせる。ただ顔を剃れないのがつらい。髭ぼうぼうなのは見ないでもわかる。わたしはこんな状態はがまんできない性分だ。起きて部屋を歩き回りたかったが、看護婦は許してくれなかった。医長に聞いてみなければだめだと言うのだ。

どんなにこの女を憎んだことだろう。今は窓際に座り、朝のコーヒーを音をたてて啜（すす）っている。鉤針はいつでも手に取れるよう窓枠に置いてある。大ぶりのコーヒーカップを口にあて、その向こうにいるわたしを見つめている。間の抜けたその顔に、なんだか気に食わないというような表情が浮かんでいる。たぶんわたしが安静にしていて、願わくば眠っていてほしいのだろう。だがわたしは眠れなかった。ほとんど夜通し目を覚ましていたのだが、疲れは感じなかった。

眠らずにずっと考えに耽っていた。目に浮かぶのは領主館だ。赤みをおびた壁に這いのぼる野葡萄の蔓。釣瓶井戸と園亭。四角の教会塔と村の家並み。あらゆる場所に来る日も来る日も、夜昼問わず白い霧がかぶさっていた。失われた楽園のように、わたしは飾り気のない哀れな自分の部屋を思い返した。あの部屋でビビッシェはわたしの恋人になった。ビビッシェ！　あの恐ろしい夜、彼女はなんと変わってしまったことか。どんな妄想に囚われたのだろう。それからモルヴェーデの人たちは――いったい何に駆られて、あの夢想家フォン・マルヒン男爵に、激した猟犬のように襲いかかったのだろう。

どの疑問にも答えは出なかった。わたしは考えを巡らし穿鑿するのを止めた。重い石が胸に乗り、どうしても逃れられないような気分だった。

日が昇ったあと、ようやくわたしは眠りについた。

医長が二人の助手を連れて部屋に来た。今度は包帯は取り替えられなかった。

「さて、気分はどうかね」医長が聞いた。「よく眠れるかね。痛みはあるかね。食欲はどんな具合だね。あまりない？　なに、しばらくすればきっと食欲も出てくるはずだ。すこし無理して食べるようにしたまえ。――それからもうひとつ聞きたいことがある――あの殻竿はどうなった。話してくれる約束だったじゃないか」

「でもあなたは信じやしないでしょう」わたしは言った。「信じようとする気もありますまい」

医長は尖った顎鬚を撫でた。

「それは偏見というものだ。原則としてわたしは患者の言葉はすべて信じる。つねに患者のほうが正しいと思っているのでね」

だが彼はその件に二度と触れなかった。わたしの食事について看護婦にいくつか指示を出すと、そのまま部屋を出て行こうとした。わたしは呼び止め、床屋を遣(よこ)してくれるよう頼んだ。

「わたしが手配しましょう」フリーベ医師がそう言って手帳に控えた。

医長は微笑んだ。

「では君も世間に戻ってきたんだね。虚栄心が芽生えて他人の目を気にするようになった。これは良い徴候(しるし)だ」

医師たちが去って五分後に、青と白の縞の上っ張りを着て、刷毛と髭剃り道具を手に持ち、プラクサティン侯爵がやってきた。

言いつけられた仕事が嫌で嫌でたまらないといった不機嫌な顔をしている。こいつはこれまでにも何度かわたしの病室に来て、何かごそごそやっていた。自分の正体が露見してないか確めたくて、部屋に来るのだろうか。ただこれまではわたしの近くに寄るのは避け、わたしに観察されていないと信じたときにだけ、わたしを盗み見た。それともわたしの邪推にすぎないのか。不信や危惧の素振りではないのか。ひそかにわたしと話ができる機会をうかがっているのか。もし何か話すことがこいつにあるなら、今がそのいい機会だ。

奴はわたしのうえに屈みこみ、シャボンを塗り、剃刀を使いはじめた——驚いたことに、なかなか器用にやってのけている。——この技術は病院に入ったあとで会得したに違いない。モルヴェーデでは、毎晩食事の前に二人いる男爵の召使のどちらかに髭をあたらせていたから。

仕事が終わると、奴は小さな手鏡をわたしの目の前にかざしてみせた。あいかわらず一言も口をきかない——だが今日はこいつと話さなくては。遊びは終わりにしたい。わたしの質問に答えるまでは帰らせてはいけない。今日こそ知らねばならない。ビビッシェはどこにいるのか、フォン・マルヒン男爵やフェデリコはどうなったのか——こいつなら知っている。なんとか喋らせてやる。

「誰が君をここに遣(よこ)したんだい」わたしは小声で聞いた。

奴は自分への質問ではないようなふりをした。

「どうしてお前はここにいるんだ」

奴は肩をすくめた。それから例の歌うような柔らかい口調で言った。

「あなたが髭を剃らせたいといったので、先生がわたしをここに遣したんです」

わたしはがまんができなくなった。

「お前が誰だか、わたしにわからないとでも思っているのか」わたしは鋭く、だが看護婦には聞こえないよう小声で言った。

奴は落ち着きを失い、視線を逸らせた。そして不快そうに言った。

「わたしを知っているのですか。でもわたしのほうはあなたを知りません。髭剃りは終わりました――他に何かすることはありますか。これから別の人の髭を剃らなきゃならないんですが」

「アルカジイ・フョードロヴィッチ」わたしは声をひそめて言った。「最後にお前を見たとき、お前は赤旗を掲げて万国労働革命歌を歌っていた」

「わたしが何を掲げてたですって?」

「赤旗だ」

奴は驚いた。顔が真っ赤になり、それから真っ青になった。

「わたしが自分の時間に何をやろうが、あれこれ言われる筋合いはありません」たいへんな大声でそう言ったので、看護婦が頭をもたげて聞き耳をたてだした。「ここでは自分の仕事を皆と同じくやっています」

そう言うとわたしを睨みつけた。それから道具をまとめて出ていこうとしたが、途中で振り返ってわたしに叫んだ。

「そもそもあなたにかかわりのないことじゃありませんか」

そして扉を乱暴に閉めて出て行った。

すこししてフリーベ医師が部屋にやってきた。そしてわたしの寝台の端に腰をかけて雑談をはじめた。

「ねえ」とつぜん彼は言い出した。「ついさっき、ここの雑役夫と喧嘩したんだってね。あいつすっかり取り乱してたよ。僕のところまで君のことで苦情を言いに来た。あの男の政治的信条を非難したと言ってね。もちろん僕らはみんな、あいつが共産主義者のデモで赤旗を振っているのを知ってる。党員として登録もしてるんだ。もちろん見てのとおり、頭の出来はあんまりよくないが、仕事はちゃんとやっている。まったく無害な男なんだよ」

「あの男を無害とは思えない」わたしは言った。「あいつは自分を偽っている。馬鹿のふりをしてるんだ。どういう目的でかは知らないが」

「これはこれは」フリーベ医師が言った。「本当かい。どうしてそれがわかった」

「村であいつに会った。わたしが村医をしていた村だ」

「ふうん――なんて村だ」

「モルヴェーデ」

「モルヴェーデ」彼は鸚鵡返しに言って考え込んだ。「うん、ここらあたりのどこかに、そういう名前のところがあった。ここにも一度モルヴェーデから患者が来たことがある。砂糖工場の労働者だった」

「モルヴェーデに砂糖工場なんかないよ」わたしは言った。

「いや、砂糖工場はあるはずだ。するとモルヴェーデであの雑役夫に会ったんだね。そいつは面白い。そこで何をしてた」

「男爵の領地の監督官をしていた」

「よしてくれ」フリーベ医師が言った。「あいつの農場経営の知識は、僕のカンガルー狩りの知識とどっこいどっこいだろうよ。奴のことだから、牝牛と牡牛の区別さえつかないかもしれない。そんな奴が領地の監督官とはね！」

「信じてくれないのか」わたしはがっかりして言った。「これ以上何を言っても無駄なようだな。もしかしたら、これも信じてくれないかもしれないが――あのギリシャの女学生を覚えてるかい。バクテリア研究所で同僚だったカリスト・ツァナリスを」

「ああ」彼は言った。「あの人のことならよく覚えてる」

「彼女ともモルヴェーデで再会したんだ」

「そうかい。あの人はここオスナブリュックで結婚している。彼女と会ったっていうのは確かなのかい。モルヴェーデで話でもしたかい」

わたしはおもわず笑い声をあげた。

「話をしたかって。モルヴェーデでわたしたちは恋人同士だったんだ」

これを言ったことを、わたしはすぐ後悔した。そして自分に腹をたてた。言わずともよい秘密を口にして、わたしたち二人を彼の手に委ねたのだから。

「これは黙っててくれ」わたしは怒鳴るように言った。「誰かに一言でも喋ったら、お前の首を絞める」

彼はにやりと笑って、まあ落ち着けという仕草をした。

「首絞めは勘弁してくれ、僕の口は固い――男同士じゃないか、そんなことは言われずともわかってる。すると彼女は君の恋人だったのだな」

「ああ、一夜かぎりの。それともこれも信じてくれないのかい」

「そんなことはない」えらく真面目な口調で彼は言った。「信じるよ。なんで疑わなきゃならないんだ。君は彼女を恋人にしたかった。彼女を恋人にせねばならなかった。だから彼女は君の恋人になった。君は不可能を可能にした――夢のなかで。熱に浮かされて、譫妄状態でここで寝ているときに」

氷のような戦慄がゆっくりと体を這いのぼっていった。冷たい手が心臓の在処を探り、それを静止させようとしているかと思えた。叫ぼうとしたけれど声が出ない。わたしは彼を凝視した、寝台の縁に腰かけるこの男を。この男は真実を語っているのではないか――違う、違う、違う、という声がわたしのなかで湧きあがった――こいつは嘘をついている、言うことを聞いちゃだめだ。ビビッシェを横取りしようとしてるんだ。いまに何もかも横取りされる。こいつを追っ払って、二度と会わないようにしなければ――このとき急に力が抜け、疲れがどっと押し寄せた。息さえ吐けないくらいの疲労と落胆のなかで、わたしは彼の言葉が真実なのを悟った――ビビッシェがわたしの恋人だったことは一度としてなかった。

「そんな情けない顔をするなよ、アムベルク」フリーベ医師が言った。「深刻に考えちゃだめだ。夢はその気前のいい手で、僕らのけち臭い生がおあずけにしているものを、惜しげもなくふるまってくれる。それにいわゆる現実にしても――何を残してくれるっていうんだ。僕らの実際の体験だって、やがて色褪せ、影が薄くなり、ついには消え失せる。夢が消え失せるように」

言が苦痛だった。

「行ってくれ！」わたしはそう言って目を閉じた。ひとりになりたかった。彼の喋る一言一

フリーベ医師は立ちあがった。

「すぐ決着がつくよ」帰りがけに彼は言った。「そのうち誰かから聞くだろうから。そうだな――明日になったら、君の考えもすっかり変わってるんじゃないかな」

いざひとりきりになると、自分に何が起きたのか、だんだん理解できてきた。このときはじめて、わたしは絶望に打ちひしがれた。

――これ以上生きててもしかたがない――内心の声がそう嘆き叫んだ――なぜ目を覚ましているんだ。あの手この手で奴らはわたしを救い出し、味気ない日常に戻した。もう終わりだ、わたしはすべてを失い、乞食同然のありさまだ。それでも生き続けろというのか。ビビッシエ、モルヴェーデ、聖母の大火――何もかも熱に浮かされた妄想、夢の惑わしにすぎなかった。――すでに記憶は乱れ、印象はぼやけ、描写もできない――夢が滑り落ちていく。忘却が霧のようにモルヴェーデの家並みや人々にかぶさっていく。

心が暗くなった。ビビッシェ！　目を閉じ、二度と目覚めないようにしよう。生き続けることはない。ビビッシェ――

「イエス・キリストは誉むべきかな」とつぜん看護婦の大きな声が聞こえた。

「永遠(とこしえ)に、アーメン」誰かがそう言った。わたしはぎくりとした。声に聞き覚えがあったから。

わたしは目を開けた。モルヴェーデの司祭が寝台のそばに立っていた。

第二十四章

「あなたですか」わたしは仰天して、僧衣（スータン）を手で触れてみた。「いったいどうして。ほんとうにあなたなのですか、それとも——」

司祭は青い格子縞のハンカチを出して、長々と念入りに痰（たん）を切りだした。それからわたしに頷いた。

「わたしが来て驚かれたようですね。意外だったでしょうか。あなたが意識を回復したと聞いたからには——お見舞いするのは当然の義務ではありませんか。もしかしたら恐がらせてしまったでしょうか。悪い記憶でも蘇（よみがえ）りましたか」

わたしは体を起こし司祭を見つめた。僧衣から微かに漂う嗅ぎ煙草と乳香の香り——すると夢ではないのか。——フリーベ医師はどこに行った——心の声が叫んだ。——よりによって今フリーベ医師がいないなんて。

「ええ、あなたはひどい体験をしました」モルヴェーデの司祭は続けた。「でも今では――万能の主に感謝あれ――事は過ぎ去ったも同然です。あと何日かすれば退院できるでしょう。あなたが倒れるのを目にしたときは、わたしにとっても恐ろしい瞬間でした」

「どこで倒れたのでしょう」わたしは聞いた。

「広間でです。ちょうど地方警察が来たときです。もう忘れてしまったのですか」

「あなたはモルヴェーデの地区司祭さまですね」わたしは言った。「あなたが階段から降りてきて、館は囲まれていると言いました。そのすぐあと、農民らが殻竿や斧を手にやってきました。あなたの僧衣はずたずたでした。でもそれは現つのことだったのでしょうか――それともわたしの夢だったのですか」

「夢だったですと」――司祭は頭を振った。――「なぜそう考えるのです。遺憾ながら、何もかもわたしが今ここにいるのと同じくらいに現実であり、本当に起こったことです。――誰かに夢だと言われたのでしょうか」

わたしは頷いた。

「ええ、医師たちが言うには、わたしは五週間前、ここオスナブリュックの駅前広場で車に轢かれたんだそうです。そしてそれからずっと意識を失ってこの部屋に寝ていて、モルヴェーデには行かなかったということです。そう信じ込ませようとしてるんです。もしあなたがいらっしゃらなければ、司祭さま——」

「ことさら驚くほどのことではありません」司祭がわたしをさえぎって言った。「あるいはそうなるかもしれないとは思っていました。いいですか——ここには事件を揉み消そうとする力が働いていて、それがうまくいく見込みもそれなりにあります。つまりこれは、個人の尽力と公の利害が重なり合う例のひとつなのです。農民層に革命運動が勃発したなどという報告は、その筋のものは上にあげるのを躊躇することでしょう。ですから、あれは政治的信条とはかかわりない局所的暴動とされて、しかもすみやかに鎮圧されました。農民らは鍬を持って畑に帰り、あとはほとぼりが冷めるのを待てばいいはずでした——病院にひとり、きわめて不都合な証人さえいなければ。この男はやがて当局に赴いて話をするでしょう。そうなれば捜査は再開され、個々の人物も起訴されかねません。これでおわかりでしょう、なぜ誰もが、あなたの体験はすべて熱に浮かされた夢にすぎないと信じさせようとしたのか。話さねばならぬ証人もいる一方で、黙っていてもらわねばならぬ証人もいるのです。事実あなたは黙っていることにした。そうでしょう、先生」

「ようやく合点がいきました」わたしはそう言い、急に心が軽く自由になるのを感じた。「すると司祭さま、わたしの生の一部を盗んだものがいるのですね。しかしわたしたち二人は知っています。わたしは夢を見たわけではなく、実際にモルヴェーデにいたことを」

「ええ、わたしたちは知っています」司祭は同意した。

「フォン・マルヒン男爵はどうなのです」わたしは聞いてみた。「あの人は喋らないのでしょうか」

司祭の唇が動き、声にならない祈禱を唱えた。

「ええ、フォン・マルヒン男爵は喋りません」やがて彼はそう言った。「あの方は亡くなりました。騒動のさなかに心臓発作を起こして倒れたのです。このあっけない最期にあなたは納得がいかないかもしれません。でもどのみち一分後には農民らがあの方を棍棒で撲殺していたでしょう」

わたしは何とも言わなかった。詳しく聞く気にはなれなかった。

「ええ、先生」司祭は続けた。「ホーエンシュタウフェン朝の夢を夢見るものはもういません。キュフホイザーの洞窟もなくなりましたし、秘密の皇帝ももはやいません。フェデリコですって？　わたしはあの子をベルガモの父親のもとに帰しました。やがては指物師になることでしょう。小さなエルジーはスイスの寄宿学校にいます。父親が亡くなったのはまだ知りません。大きくなったあとでも、あの娘は幼い頃の遊び友だちを覚えているかもしれません。そのときは彼を指物師の仕事場から呼び戻すことでしょう。あるいは忘れてしまっているかもしれませんが」

「そしてあの人は」わたしは叫ぶように言った――最初からずっと、この質問が口から出かかっていた。「彼女はどうなったのですか」

司祭は微笑んだ。質問がビビッシェのことだとわかったのだ。

「あの人は無事です。もしかしたらご存じなかったかもしれませんが、あの人は既婚者でした――本人は知られたくなかったようでしたが。ご主人とは別居していたのです。今はここオスナブリュックでご主人のもとにいます。事件の揉み消しは、そのご主人の尽力によるものです。あの人はこの市の重要人物で、影響力も大きいのです。ですからくれぐれも横槍を入れたりなさいませんように。あなたは多勢を相手にひとりで戦うことになります。――わたしですって。何ということを言うのですか。わたしを勘定に入れてはなりません。いいですか、先生、わたしがここから出ても、誰もわたしを見たことを認めようとはしないでしょう。いったんわたしが去れば、わたしはあなたの夢の一部にすぎなくなるのですよ。考えてもごらんなさい。きっと医師たちはまた言うことでしょう、あなたは朦朧状態でモルヴェーデの夢を見たのだと。そうしたらあなたは引き下がらずをえなくなります。あなたは肯い（うべない）、ただ同意（アーメン）あるのみです。すべてはただひたすら、あの女性のためなのです――それを忘れてはなりません。あなたはかつてあの人を愛していた――これはわたしの誤解でしょうか」

「それにしてもなぜあの人は男爵をだましたのですか。なぜ男爵の生涯の事業をだいなしにしたのでしょう」

「あの人はそんなことはしていません」軽く頭を振って司祭は答えた。「フォン・マルヒン男爵に降りかかったことについて、あの人には何の責任もありません。男爵の着想をそのまま実行したにすぎませんから」

「すると男爵の予想が誤っていたのですね。間違えるにもほどがありませんか。あんな恐ろしい結果になるなんて」

「実験は成功したのですよ、先生。男爵は正しかったのです。男爵はこの世に信仰を呼び戻そうとしました。しかし信仰は――。キリストの教会は不変にして永遠のものです。しかし信仰はどうでしょう。あらゆる時代にはその時代の信仰があります。そしてわれわれの時代の信仰は、わたしにはとうからわかっていましたが、われわれの時代の信仰は――」

司祭は手を動かして絶望の仕草をした。顔には悲しみと疲れと深い諦念が表れていた。

「革命ですか」わたしは確信がもてぬまま、小声でたずねた。「革命がわれわれの時代の信仰なのでしょうか」

司祭は何とも答えなかった。

わたしは目を閉じ思いに沈んだ。――革命。暴力による新秩序の夢。この信仰も、他のあらゆる信仰と同じく、福音史家と聖書、神話と教理、祭司と宗派、殉教者と天国を持っている。その教えは、あらゆる新しい教えと同じく、世の権力者に迫害され弾圧されている。口では否定しながら内心ひそかにあの教えに生きるものが大勢いる。あの教えのために、世界中で夥しい血が流れている。あの教えはわれわれの時代の福音なのか、それともモロクの教えなのか——

「司祭さま！」わたしは呼びかけた。「どうかお助けください。わたしたちの時代の信仰とは何なのでしょう」

　答えは返ってこなかった。

　わたしは目を開け、身を起こした。

　モルヴェーデの司祭はいなかった。嗅ぎ煙草と乳香の微かな香りが残っているばかりだった。

「看護婦さん」わたしは頼んだ。「あの方を呼び戻してくれないか」

　看護婦は鉤針から目を離して言った。

「どの方ですか」

「たった今出ていった聖職者の方だよ」

「誰も来ませんでしたわ」

「でもほんの一分前まで司祭さまと話をしていたんだ。このベッドの脇に立っていた。そして出ていった。聖職者の方だ。司祭さまだよ」

看護婦は体温計を取って振ると、わたしの腋(わき)の下に入れた。そしてふたたび言った。

「司祭さまですって。誰もいらっしゃいませんでしたよ。あなたは独り言を言ってましたけど」

わたしは彼女を見つめた。最初はわけがわからず、それから腹をたて——そしてようやく腑に落ちた。何の不思議もない。司祭さまもあらかじめ予言してくれたじゃないか。——いいですか先生、わたしがここから出ても、誰もわたしを見たことを認めようとはしないでしょう。——まさにそれが的中した。司祭さまの予言はなんと正しかったことか。

あの人の助言は何だったか。〈あなたは肯い、ただ同意あるのみ〉——なるほど。

「看護婦さん、その通りだ」わたしは言った。「独り言を言ってたんだ。よくやってしまうんだよ。悪い癖とは自分でもわかっているんだけれど。——ところで医長の先生はまだいらっしゃらないのかい。至急話したいことがある」

医長が戸口に立った。

「どうした」そして聞いてきた。「何か話があるそうだね。具合が悪いのかね。熱があるのかい」

「いいえ」わたしは言った。「熱はありません。ただ、あの事故の記憶を完全に取り戻したことを伝えたかっただけです。わたしが駅前広場を横切ったとき、周囲はたいへんな喧騒でした。わたしは立ちどまり、地面に落とした新聞を拾いあげました。すぐ後ろでクラクションが鳴りました。そのとき車に轢かれたに違いありません」

医長はわたしのベッドに近寄った。

「それで殻竿はどうなったのかね」

「きっと夢だったのでしょう」

「やれやれ」安堵の表情が医長の顔に浮かんだ。「いいかね、わたしは真剣に危惧していたのだよ。脳内出血がふたたび起きて意識混濁が生じたのではないかとね。だがその心配はもうなさそうだ。あとは体力を取り戻すだけだ。一週間もすればここを出て自宅療養に切り替えられるだろう――それでいいかね」

第二十五章

一週間後、わたしは別れを告げるため、杖に縋りながら二階上の医長室を訪ねた。医長は書き物机から顔をあげてわたしに歩み寄った。

「やあ、これはようこそ」そして歓迎の口調でそう言った。「ここ数日で、君は驚くほど急速に回復した。見違えるくらいだ。すると今日が退院日なのだね。ここに運ばれたときの君のありさまといったら、思い出すだに――。なに、礼にはおよばない、わが同僚。君がよくなったのは、君自身の頑健な体のおかげだ――いや、本当に、わたしはなすべきことをしたにすぎない。喜んで白状するがね、たまたまわたしの専門分野だったんだよ。すると午後の汽車に乗るのかい。もしまたオスナブリュックに来る機会があったら――」

「エデュアルド、この方をわたしに紹介してくださらないの」背後の声に振り返ると、ビビッシェが正面に立っていた。

わたしたちは互いを見つめた――ビビッシェの顔に動揺はすこしも表れていない。自制のすべを心得ているのか。それともわたしの来訪を予期していたのか。

「こちらはアムベルク先生――これはわたしの妻だ」医長が紹介した。「車は下にあるかい。君はすこし早く来すぎた。まだ仕事が残っている――アムベルク先生は今日までここの患者だったのだよ。駅前広場で――どうしたのでしたっけ。話してもらえませんか、アムベルク先生」

「車に轢かれたのです」

医長は満足そうに尖った顎鬚を撫でた。

「すると殻竿で殴られたわけじゃなかったのだね。というのも、それがこの人の固定観念だったのだよ。何日もそう信じこんでいた」

そう言って医長は笑った。ビビッシェは目を丸くしてわたしを見た。

「頭蓋底が骨折して脳内出血が起きたのだ」医長が続けた。

「なんてひどいこと！」ビビッシェがわたしに言った。その悲しみと憐れみの響きに、思わず彼女を抱き締めたくなった。

「ああ、軽いものではなかった」わたしに代わって医長が答えた。「まる六週間ここで治療が必要だった」

「それではあとから思い返しても、あまり愉快な気持ちにはなれないでしょうね」ビビッシェがたずねた。そのまなざしは、どれほど怯えてわたしの返事を待っているかを語っていた。「ここしばらくのできごとは美しくすばらしい思い出になりました」わたしは答えた。「今後も忘れることはないでしょう」

そしてすこし身を乗り出して、ささやくようにたずねた。

「そしてビビッシェ、あなたは?」

ほんの微かな声だったのに、医長は聞き逃さなかった。彼はわたしのほうに体を向けて聞いた。

「妻と会ったことがあるのかね。呼び名を知っているとは」

「ずっと考えていたの、どこかでお会いしたかしらって」間髪をいれずビビッシェが言った。

そしてわたしを見つめた。その目には懇願があった。気をつけて! わたしを裏切らないで! この人はわたしたちの仲を勘ぐっている。もし尻尾をつかまれたら――

大丈夫だ、ビビッシェ、心配はいらない。君を裏切ったりはしない。

「光栄にも」わたしは言った。「奥方とはベルリンのバクテリア研究所で同僚だったことがあるのです」

ビビッシェは微笑んだ。

「そうだったわね。どうしてすぐ思い出さなかったのかしら。それほど昔のことではないのに」

「そうです」わたしは言った。「それほど昔のことではありません」

わたしたちは黙り、一瞬のあいだモルヴェーデのこと、軋る木の階段を昇った先にある、みすぼらしく狭い部屋のことを思い浮かべた。

医長が咳払いをした。ビビッシェがわたしに手を差し出した。

「よい旅をお祈りしますわ、先生。そして——」

彼女はそこでためらった。結びの言葉を探しているようだった。

「わたしたちのことをよい思い出として記憶にとどめてください」やがて彼女は小声でそう言った。

わたしは彼女の手のうえに身をかがめた。

「感謝します」わたしがそう言うと、ビビッシェの手がわたしの手のなかで震えた——何に感謝をしたのかに思い当たったのだ。

わたしは庭を横切った。ビビッシェが窓から見送っている——振り向かなくてもわかる。

視線が感じられる。

そのままゆっくりと歩いていった。雪は解けかかっていた。雲間から太陽が顔をのぞかせ、軒先から滴（しずく）がしたたっている。気温も穏やかで、今日にでも春が訪れようとしているかのようだった。

解説

垂野創一郎

1　二本の柱

国書刊行会からの四冊目のペルッツをお届けします。先の三冊とは違って、今回の『聖ペテロの雪』は歴史ものではありません。ウィーンでこの作品が刊行されたのが一九三三年三月、作中で語られるのは一九三二年初頭の事件ですから、まさにほやほやの同時代の物語といえましょう。

とはいえ、過去であろうと現代であろうとおかまいなく、物語はもちろんいつものペルッツ流儀で進行します。『第三の魔弾』で宗教改革騒動から逃れた新教徒にメキシコの土を踏ませ、『テュルルパン』で宰相リシュリューに史実より一世紀半ほど早くフランス革命を企てさせたペルッツは、ここでは十三世紀に断絶したはずのシュタウフェン家を現代に蘇らせ、その末裔を、フリードリヒ（イタリア語読みではフェデリコ）三世として皇帝に即位させようとするのです。

このシュタウフェン家はホーエンシュタウフェン家とも称され、中世期ドイツの一大名門でした。この家系はフリードリヒ一世（赤髭王（バルバロッサ））、ハインリヒ六世、フリードリヒ二世といった豪腕の君主を輩出し、ヨーロッパの覇権を大きく塗り替えました。とくにフリードリヒ二世は、かの書斎の人澁澤龍彥をして南イタリアまで脚を運ばせる一因となったというくらいに、単に君主としてのみならず、一個の人間、というよりむしろ怪物として興味ある存在です。

その怪物ぶりについては、折りよく最近（二〇一四年）幻戯書房から出た、種村季弘単行本未収録論集『詐欺師の勉強あるいは遊戯精神の綺想』に収められた論考「ここに第二のフェデリコと……」のなかで、うってつけの紹介がなされています。少し長くなりますが引用してみましょう。

「［……］シチリア王、ドイツ皇帝、イェルサレム王の王冠を次々に戴冠し、無敵の軍団を従えてヨーロッパと地中海沿岸に覇を唱え、ローマ教権を敵にまわしてついには教会を破門された帝王であった。教皇グレゴリウス九世と敵対しながらアラブのスルタンと親交を結び、みずからはアンチクリストと指弾されながら国内の異端を弾圧し、高度に近代的な法と官僚制度の制定者でありながら有無をいわさぬ独裁者。［……］世界最初の動物園と大学の創設者、卓抜な鳥類学者にして鷹匠、数学者、医学者、薬学者、解剖学者、画家、詩人、なによりも建築狂」——なんだかペルッツの作中人物みたいな破天荒なキャラクターではありませんか。

ところが時の教皇と対立したのが仇となり、フリードリヒ二世の死後まもなくして、シュタウフェン家は廃絶させられることになります。その次第は本書の第十二章でフォン・マルヒン男爵が悲憤慷慨しつつ大弁舌をふるっているとおりです。

かくて皇帝フリードリヒ二世の死とともに、あらゆる異質のものを次々結びつける普遍世界の理念は、志半ばにして画餅と帰しました。その後神聖ローマ帝国は、いわゆる大空位時代を経て、徐々にハプスブルク家の一族が歴代皇帝の多勢を占めるようになり、それとともに〈神聖ローマ帝国〉という概念自体が有名無実なものとなっていきます。

このような、今は亡き名門シュタウフェン家への郷愁が物語の一本の柱とすると、もう一本の柱は作中でいうところの〈聖母の大火〉といえましょう。そして奇しくもこのアイデアは、現実の化学上の発見に歩調を合わせているのです。

小麦やライ麦に菌が寄生して、麦角と呼ばれる褐色の舌みたいなものができることがあります。中世ヨーロッパではこの麦角がしばしば広域にわたって発生しました。そしてこの麦角の混じったパンを食べたもののあいだに集団中毒を引き起こしたのです。九九四年、フランスのアキテーヌ地方での流行時には四万人が命を落としたといわれています。

十一世紀末にフランスのガストンという貴族が、息子を疫病から回復させてくれた神に感謝して、アントニウス修道会を創立しました。この修道会は「聖アントニウスの誘惑」の画題で有名なエジプトのアントニウスにちなんで命名されたもので、病人の看護をおもな目的としていました。

やがてヨーロッパ各地に広まったこの修道会は、特に「アントニウスの火」「聖なる火」と呼ばれた疾病の看護にあたるようになりました。この「アントニウスの火」こそ、先に述べた麦角中毒にほかなりません。

その後この麦角は、子宮を収縮させる効果などが注目され、薬物としても用いられるようになりました。そして時は下って一九三〇年代、『聖ペテロの雪』がまさに書かれようとする頃、この麦角アルカロイドの化学的構造を見出すための研究がさかんになってきたのです。一九三八年、スイスの製薬会社サンド社に勤める化学者アルベルト・ホフマンが、天然の麦角アルカロイドの構成成分であるリゼルグ酸からリゼルグ酸ジエチルアミド、すなわちLSDの合成に成功しました。この物質による強力な幻覚作用が確認されたのが一九四三年のことです。

歴史的事実への着目からはじまり実験室内での合成成功にいたる、まさに『聖ペテロの雪』を地で行くようなプロセスが、十年ほどの時をへだてて実際に踏まれたのでした。思いがけなく強力な薬物効果のため、その後発見自体が封印された（サンド社は一九六六年にLSDの製造販売を停止）という点でも、物語と現実とは軌を一にしています。

LSD発見にまつわるこうした経緯は、発見者アルベルト・ホフマン自身の手によって、『LSD——私の問題児（LSD - Mein Sorgenkind）』というユーモラスな表題の本にまとめられています。以上の記述もその本の邦訳（『LSD——幻想世界への旅』新曜社）を参考にしました。

2　夢の素材

ここからそろそろ作品の結末に触れていきますので、本文未読の方は御注意ください。

『聖ペテロの雪』は、他のペルッツ作品でもしばしば見られる枠物語の構成がとられています。そして例によって例のごとく、枠のなかの物語は素直に枠内に収まろうとせず、氾濫を起こします。

事実この作品では、アムベルクが回想するモルヴェーデ村の事件は、本当にあったことなのか、それとも頭蓋損傷による妄想なのかが、作中では最後まで明らかにされていません。最後の場面でアムベルクは自分の正しさを確信して病院を去ります。しかし客観的にそれを保証するものはないのです。そもそも頭がちゃんと直っているのかさえはっきりしていません。

私がこの話を最初に読んだのは三十代の頃でしたが、そのときは一も二もなくアムベルクに肩入れしました。なぜなら、もしすべてが夢か妄想だったとしたら、ラストの余韻嫋嫋とした場面がだいなし、というか間が抜けたものになりますから。

それに、こうした〈多人数による揉み消し〉のプロットはすでに似たものを知っていましたので、受け入れるのに抵抗はありませんでした。江戸川乱歩が『続・幻影城』中の一章「探偵小説に描かれた異様な犯罪動機」のなかで紹介している、パリ観光に来た母娘の話がそれです。この短篇を収めたセイヤーズのアンソロジー『探偵・ミステリ・恐怖小説傑作集第二集』は一九三一年に出ていますから、もしかしたらペルッツ自身が目にした可能性もあるかもしれません。

まあそういったわけで、この作品を、「ロマンチックな小説」という相で読んでいたのです。しかしながら、それから四半世紀たって、あらためて翻訳のために精読してみると、今度はうってかわって、すべては語り手の妄想としか思えなくなってきました。もちろん、すでに結末を知っていることが、この印象に大きく影響していることは否めないでしょうけれども。

アムベルクの回想のなかでもっとも違和感を覚えるのは、久しぶりに再会したビビッシェが、いきなり主人公に好意を寄せるところです。

昔読んだときはまったく気にならなかったのですが、今ではこれがどうも、若い男の典型的な妄想のように思えてなりません。さして魅力もなさそうな青年が、高嶺の花的な美女からいきなり好意を寄せられる。なんだかあまりに都合がよすぎるエピソードではありませんか。

そういえば、ヘンリー・ジェイムズの中篇『ねじの回転』もやはり、幽霊は実在したのか、それとも語り手の妄想だったのか、どちらともつかぬままに終わる話でした。この作品はいかにも正統的な幽霊譚のトーンではじまります。ところが話が進むにつれて、語り手である女性家庭教師のひとりよがりな性格がだんだん露わになっていき、読者は語りの内容に不審を感じるようになります。つまり、「この人、ちょっとおかしいんじゃないかな？」と思いはじめるわけです。それと似た雰囲気がこの小説にも漂っているのではないでしょうか。いわば語り手が人望（？）を失くしていくにつれて、語りの内容も信憑性を失くしていくというところが。

事実、アムベルクの回想を読んでいくにつれ、われわれは腑に落ちない点に次々と出くわします。たとえば自分が将来入院するのを予見すること（第八章）、恋人との逢瀬のさなかにそこにいない第三者の声を聞くこと（第十四章）、室内から戸外へ、あるいは戸外から室内へと場面が唐突に切り替わること（第十六章）、現実の旧約聖書のなかには存在しない文章を男爵や司祭が列王記からの引用と称して口にすること（第十六章他）、外から入ってきたはずの司祭が二階から降りてくること（第二十二章）などです。そうしたあれやこれやが語り手への信頼を失わせていくのです。

そうした目で読むと、語り手が自らの妄想を作りあげるための、いわば素材が、あらかじめ作中にちりばめられていることに気づきます。まず語り手アムベルクは、高名な歴史家であった父の遺した蔵書を耽読することで、フリードリヒ二世をはじめとする中世史の知識を十分に蓄えていました。さらにバクテリア（細菌）研究所での勤務によって、菌からアルカロイド等を分離抽出する方法もおそらく会得していました。

さらにオスナブリュックの古道具屋で、『神への信仰はなぜ世界から消えたか』という表題の書とフリードリヒ二世の浮彫をたまたま同じショーウインドウの中に見たことが、シュタウフェン家復興と信仰の回復とを結びつけたのです。『夢判断』におけるフロイトの言「どんな夢の中にも、前の日の諸体験への結びつきが見いだされる」が思い出されるような状況です。

さらに作者ペルッツは、なぜアムベルクがこんな夢を見たのか、その動機をもそれとなく記しています。すなわち彼は、最初は父の後を継いで歴史家となることを志していました。ところが叔母に説き伏せられて医者への道を歩みます。このとき内攻した不満が、夢のなかで復讐を行ったのではないでしょうか。医学を手足のごとく使って、歴史の復権(シュタウフェン家の復興)をなしとげ、もって父の衣鉢を継ぐ夢を見るという形で。『夢判断』におけるもう一つのテーゼ「夢は願望充足である」がここにみごとに現れているではありませんか。

3 高い城の男

そうしたわけで、今の私は、やはりすべては譫妄(せんもう)状態における夢ではなかろうかと考えるのですが、ここに一人、アムベルクの回想は真実であったという立場を取るものがいます。フランスの歴史家アラン・ブーローです。

ブーローは『カントロヴィッチ』(邦訳みすず書房)という本のなかで、本書の内容に触れています。その本の第二章「隠された身体」で紹介される『聖ペテロの雪』のあらすじは、こう結ばれています。「この事件は政府によってもみ消され、闇に葬られることになる。アンベルクの証言は、昏睡者の妄想として片付けられたのである」すなわちブーローは、語り手アムベルクの回想は真実とみなしているのです。

なぜブーローはこういう立場をとっているのでしょう。それを理解するためには、まずは彼の著作の題材となったカントロヴィッチ（あるいはカントーロヴィチ）がいかなる人であったかを語らねばなりません。

エルンスト・ハルトヴィヒ・カントロヴィッチ（一八九五―一九六三）は『皇帝フリードリヒ二世』（邦訳中央公論新社）や『王の二つの身体――中世政治神学研究』（邦訳平凡社。後にちくま学芸文庫）などの著書で知られているドイツの歴史家です。

彼はユダヤ人ではありましたが、第一次大戦では自ら兵役を志願し、戦後は共産主義者の蜂起の鎮圧に尽力するなど、盛んにその愛国者ぶりを発揮していました。そうした彼が中世の皇帝フリードリヒ二世に見てとったのは、ブーローの言葉を借りれば、「当時の現実における分断と軛（くびき）をこえて発展しようとするドイツ精神の酵母」でした。一九二七年に刊行された評伝『皇帝フリードリヒ二世』は、アカデミズムの弊を免れた清新な著作として世の歓迎を受けました。ところが、この本は、〈聖ペテロの雪〉がフォン・マルヒン男爵を裏切ったように、著者カントロヴィッチを裏切るのです。

一九三四年、彼はヒトラーへ忠誠を誓うことを拒否してフランクフルト大学教授の職を辞任し、さらにユダヤ人大虐殺の端緒となった三八年の「水晶の夜」事件をきっかけとして亡命を余儀なくされました。彼の母クララは四二年に強制収容所で死亡しています。

いっぽう著作『皇帝フリードリヒ二世』のほうは、この皇帝を「力への意志」の体現者として描いたものとみなされ、ヒトラーに絶賛されたのでした。そしてナチス親衛隊隊長のヒムラーがナイトテーブルに置き、帝国元帥ゲーリングがムッソリーニに贈呈したといわれています。

この歴史的事実は何を意味するのでしょう。「いにしえの精神」を呼び起こそうとした者が、世人のなかに伏流する感情を見逃したため、思わぬ結果を招き、その者に破滅的な災厄をもたらす。すなわちカントロヴィッチはフォン・マルヒン男爵の運命を現実に生きたのです。それも男爵と同じく、皇帝フリードリヒ二世という媒介によって。

言葉を換えていえば、フォン・マルヒン男爵の体験は、『聖ペテロの雪』という作品のなかでこそ、アムベルクの妄想であったのかもしれませんが、作品外の現実においては、れっきとした事実になって現れたのでした。

作品内で妄想である（かもしれない）ものが作品外では事実となる。なんだかP・K・ディックの『高い城の男』に出てくる『イナゴ身重く横たわる』みたいな話ではありませんか。そういえばこの『聖ペテロの雪』もドイツでは販売が許可されず、オーストリア国内のみでの刊行となりました。

4　エウリディケー

しかし、アムベルクの回想を夢か現実かと問うことは、本当は意味のないことかもしれません。おそらくこの作品は、「女か虎か」のようなリドルストーリーでもなければ、先に触れた『ねじの回転』のような、真相を故意に朦朧（もうろう）とさせたものでもないのです。

本書最後の場面でアムベルクは、背後にかつての恋人の視線を感じながらも、あえて振り向かずに、病院をあとにします。ドイツのペルッツ研究家ハンス＝ハラルド・ミュラーは、このときの彼を冥府から帰るオルフェウスにたとえています。なんとなれば、もしすべてが夢だったなら、振り向いたら最後、彼のエウリディケーは永遠に失われてしまうのですから。

なぜ彼は振り向かなかったのでしょう。夢が壊れるのを恐れたからでしょうか、あるいは逆に、あまりに自信満々だったからでしょうか。おそらくはそのどちらでもなく、あえて過去を過去として封じ込めようとしたのではないでしょうか。医長室の場面で「大丈夫だ、ビビッシェ、心配はいらない。君を裏切ったりはしない」とアムベルクは心に誓い、そのとき二度と彼女の現在の幸福を妨害しないことを決意したのです。

今後のかかわりを絶つことを決意したとき、つまり過去のできごとを過去として封じ込めたとき、それが現実であろうと夢であろうと、結局のところ違いはなくなります。「過ぎ去った現実と夢との違いは、なんとわずかなものだろう」とアムベルク自身が本書第九章で言っているではありませんか。似たことを第二十三章でフリーベ医師も言っています。対立するはずの二人が、この点に限っては意見を一致させているのは面白いことです。

有名なパラドックスに、「世界五分前創造説」というものがあります。哲学者のバートランド・ラッセルが提唱したもので、「もし神さまが世界を今から五分前に、過去の歴史やわれわれの記憶をも含めて創造したとしても、われわれにはそうと知ることはできない」というものです。過去や記憶というものの危さをこのパラドックスは象徴的に語っています。事実、われわれはしばしば、正真正銘の過去の体験に対してさえ、「まるで夢のようだった」と感じるではありませんか。

もちろんアムベルクの場合は、モルヴェーデ村を再訪するなり、村人に手紙を書くなりして、事の真偽を事後的に調査することはできます。しかし彼は、病院を去るとき後ろを振り向かなかったように、あえてそうはしないでしょう。ビビッシェの平安をおびやかさないために。

作者ペルッツは一九二八年に最初の妻イーダに先立たれました。悲嘆のあまり、一時はエウリディケーを求めて冥界におもむくオルフェウスよろしく、霊媒の助けを借りて最愛の妻ています。

と言葉を交わそうとしたそうです。本書冒頭の献辞は、この亡妻に宛てられたものといわれています。

この献辞によれば、『聖ペテロの雪』は亡妻そのものではなく、その「思い出」に捧げられています。もちろん「In memoriam 誰それ」すなわち「誰それの思い出に」という表現は、故人への献辞の常套句ですので、それ自体としては特に変わったものではありません。

しかし、本書最後の場面を念頭に置いて読むと、「思い出に捧げる」という表現がにわかに意味深長なものとならないでしょうか。霊界の存在を疑いながらも、前後五回にわたって交霊会に出席したペルッツも、ついに亡妻を「思い出」として封じ込めることに成功したのではないでしょうか。

献辞のなかに「完成し」というやや違和感のある表現がありますが、この原語は vollendet です。これは動詞 vollenden（完成する）の過去分詞形ですが、形容詞として用いられるときには「完全無欠な」「完璧な」の意味にもなります。ですからこの部分は「若くして完全無欠であった」と訳することも不可能ではありません。しかし以上述べたこと、すなわち、この作品は、ある女性を思い出として「封印する」物語とするならば、「完成し」のほうがいいように思うのですが、はたしてどんなものでしょう。

＊

この『聖ペテロの雪』の刊行をもって、国書刊行会の〈レオ・ペルッツ・コレクション〉はひとまず一段落しました。企画編集をしてくださった藤原義也さんをはじめとする直接の関係者の皆さん、好意的な書評を寄せてくださった書評者のかたがた、ツイッターやブログで応援してくださったネットのかたがた、目に立つところに並べてくださったりポップを立ててくださった書店員の皆さん、そして何より読み続けてくださった読者の皆さんに深甚の感謝を捧げたく思います。

〈コレクション〉と言いましたが、別に最初から四冊出すことが決まっていたわけではなく、前の本がある程度のセールスをあげたときに限り次の本が出るという、いわば「売り上げの切れ目は縁の切れ目」状態での刊行であっただけに、つつがなく完結したありがたさもひとしおです。願わくば、またいつかどこかでお会いしましょう。

レオ・ペルッツ著作リスト

1 Die dritte Kugel（1915）『第三の魔弾』前川道介訳（国書刊行会／白水Uブックス）
2 Das Mangobaumwunder（1916）（Paul Frankとの合作）
3 Zwischen neun und neun（1918）※中学生向け抄訳版『追われる男』梶竜夫訳（『中学生の友二年』別冊付録、１９６３年1月、小学館）
4 Das Gasthaus zur Kartätsche（1920）※中篇。後に13に収録
5 Der Marques de Bolibar（1920）『ボリバル侯爵』垂野創一郎訳（国書刊行会）
6 Die Geburt des Antichrist（1921）※中篇。後に13に収録
7 Der Meister des Jüngsten Tages（1923）『最後の審判の巨匠』垂野創一郎訳（晶文社）
8 Turlupin（1924）
9 Das Jahr der Guillotine（1925）※ヴィクトル・ユゴー『九十三年』の翻訳
10 Der Kosak und die Nachtigall（1928）※Paul Frankとの合作
11 Wohin rollst du, Äpfelchen...（1928）
12 Flammen auf San Domingo（1929）※ヴィクトル・ユゴー『ビュグ＝ジャルガル』の翻案

13 Herr, erbarme dich meiner（1930）※中短篇集

14 St.Petri-Schnee（1933）『聖ペテロの雪』垂野創一郎訳（国書刊行会）※本書

15 Der schwedische Reiter（1936）『スウェーデンの騎士』垂野創一郎訳（国書刊行会）

16 Nachts unter der steinernen Brücke（1953）『夜毎に石の橋の下で』垂野創一郎訳（国書刊行会）

17 Der Judas des Leonardo（1959）『レオナルドのユダ』鈴木芳子訳（エディションq）

18 Mainacht in Wien（1996）『ウィーン五月の夜』小泉淳二・田代尚弘訳（法政大学出版局）

※未刊短篇・長篇中絶作・旅行記を収録した拾遺集

短篇

Der Mond lacht「月は笑う」前川道介訳（『ミステリマガジン』1984年8月号／『書物の王国4　月』国書刊行会、1999／『独逸怪奇小説集成』国書刊行会、2001、所収）

ST. PETRI-SCHNEE

by Leo Perutz

1933

聖(せい)ペテロの雪(ゆき)

著者　レオ・ペルッツ
訳者　垂野創一郎

2015年10月20日　初版第一刷発行

発行者　佐藤今朝夫
発行所　株式会社国書刊行会
〒174-0056 東京都板橋区志村1-13-15　電話03-5970-7421
http://www.kokusho.co.jp
印刷・製本　中央精版印刷株式会社

装幀　山田英春
装画　秋屋蜻一
企画・編集　藤原編集室

ISBN978-4-336-05952-9

夜毎に石の橋の下で

レオ・ペルッツ　垂野創一郎訳

ルドルフ二世の魔術都市プラハを舞台に、皇帝、ユダヤ人の豪商とその美しい妻、高徳のラビらが繰り広げる数奇な物語。夢と現実が交錯する幻想歴史小説の傑作。

ボリバル侯爵

レオ・ペルッツ　垂野創一郎訳

ナポレオン軍占領下のスペイン。謎の人物ボリバル侯爵はゲリラ軍の首領に作戦開始の三つの合図を授けた。占領軍は侯爵を捕えてこれを阻止しようとするが……。

スウェーデンの騎士

レオ・ペルッツ　垂野創一郎訳

北方戦争時代のシレジア。貴族の若者と名無しの泥坊、全く対照的な二人の人生は不思議な運命によって交錯し、数奇な物語を紡ぎ始める。波瀾万丈の伝奇ロマン。

独逸怪奇小説集成

前川道介訳

エーヴェルス、ホーフマンスタール、クビーン――19世紀から20世紀ドイツ・オーストリア文学23人の夢と神秘と綺想と黒いユーモアに満ちた怪奇幻想小説28篇。

怪奇・幻想・綺想文学集

種村季弘翻訳集成

吸血鬼小説からブラックユーモア、ナンセンス詩まで、種村季弘が遺した翻訳の中から、単行本未収録を中心に小説・戯曲・詩を集大成。ホフマン、マイリンクほか。